U0055876

自由遊戲

PLAY OF LIBERTY

Marula Liu

劉梓潔

導讀

讀懂劉梓潔，就讀懂寂寞

作家——馬欣

看似奔放自由，但主角茉莉的寂寞是與日俱增的，無論在哪一段親密關係裡。

她的寂寞是大雪無聲地下著，雪積滿了就得要鏟出通道。那個世界無人能進入，她就習慣自己鏟著。就算是新婚燕爾的日子，茉莉的寂寞仍如同白茫茫的雪那樣的靜悄悄下著。

在那裡之外，她保持著固定與外界接觸的頻率，像是模仿眾人跳著有節奏的舞，表面現身，實則隱形。無論是與家人的關係，還是與愛人之間，她都有一個「自己」是始終獨處的，並且那是茉莉此生所依賴的。

這世上，不是每個人都可以跟別人建立親密而長久的關係。

這些日子，我都在讀劉梓潔的《自由遊戲》。她筆下茉莉的身影是吸引人的，她寫出了一個人工都市裡仍能野生野長的女性，生存的腹地不多，但只要有縫隙，她就沒有地方不能長的。像我們認識的某些女性，拒絕被洗腦成為這社會垂涎的客體，也沒有像我們長輩那一代吃苦慣了的順受。她是異質的，頑強如爬藤植物既蜿蜒這城市長，但又自外於其中，擁有近代女孩自我鍛鍊出的生存之道。

於是你看到一開始小說男主角傑夫對她「健康」的陌生，她像水泥牆裡的綠色植物，保持著野性，無法被馴養。這也形諸於她開放的愛情關係上，若以世俗的觀念看她，八成會被冷嘲熱諷，甚至可能會因為劈腿而被貼上「惡女」的標籤。

但如果擺脫女性就是「同行」的視角。茉莉就是求個不沾黏的關係，像隻荒地上的動物，無論如何都能生存，亮著一雙洞穴眼，狩獵足夠過冬的物品，盡量輕省心頭之事，就是隻旱地的生物，仙人掌似的生長，你要她跟誰有著黏稠難解的關係，那是類似群體動物的相互制約，但與她這個獨行者無關。

我喜歡看茉莉面對寂寞周期到來時，像個訓練有素的獨處者在「有限」中所能體會到的無限。租個沒電梯的公寓；買一顆大白菜吃一週的歡喜。她似乎都買冬藏之物，沒有在吃什麼糕糖之類黏牙的東西，那些淺嚐即止的甜味，社交意味濃厚；甜食逐漸被摘取了它的意義，幾分象徵是被慣養著與樂於分享的。但她離開「男友們」時，則會提著兩大包的食物，裡面竟是耐久放的甘藍與根莖類食物，選擇實在而安穩地從土地茁壯的食材，她要吃的是根本，捨棄多餘的仰賴。

妳看她每日每日的練習過活，以大白菜做成三五種菜餚，有的放久了好過冬，有的軟爛了好入口，像是有小盆爐火暖手的小日子，用著最節省的方式（但不是為了省錢），盡量不求羈絆與慾望的過日子，如此別人也少了保護與控制她的可能。

無論在哪一段感情關係裡，她有求於他人的極有限，看似生活清爽，其實正跟這社會的引力拉扯。為何拉扯？你看下去也許會讀懂她。父母離異早，母親追隨日本男人到了異鄉，沒選擇地與父親、姐姐分離，母親則以戀愛為重，她開始學會割捨，這份割捨是包括與以前的自己。尤其她中學時，意外碰到一個自殺者差點將她拉下軌道，在那些年齡遇到此番種種，你會本能性地記住這人間實質更像荒野，於是她的「健康」如此吸引著媽寶傑夫，也如此吸引到其他成功男性，因她本質有不需要任何人的「野生」。

在來不及悲傷前，她就體會到了野生本能，於是她對那個想要臥軌自殺的男性說：「我們每個人都要自己撐起自己好好走下去。」人的成長不過如此，年歲漸長後的每一次站起，你都知道你曾被打倒過幾次。

人都以為她很自由吧？她也曾經試圖走進婚姻，為夫家的政治樁腳背景做好長男媳婦。她對照的男性與夫家婆婆都是被家世背景豢養的，甘願在籠子裡稱王，相對於她只是與這社會綁了一個安全帶，雙方都走不進對方那裏，因為她對這世界能辨識出來的自由，竟都是少不了寂寞這個代價。

這像個愛情故事，或你寧可它是個愛情故事，因它在訴說的是，自由命題可大可小，但若你是個追求自由的人，寂寞就是你的本色。

【目次】

本書的章節順序僅供參考，可以依任何順序閱讀。

驛路

1——傻事

人若一心想要做傻事，就絕對做得出來。

傑夫從大安站旁邊的銀行走出來，在烈日下望著兩層樓高的文湖線捷運軌道，明白了此時此刻有件事他可以做。他的手提包裡，有好幾疊台幣千元現鈔，剛剛領的。他還把所有的定存都解掉了，那些現金像一桶被倒進冰庫的漁獲一般，全進到了活存帳戶，淋漓地，有重量地。他不管到哪只要讓機器把卡一吞，就有得花用了。這是他自己這幾年的私人積蓄，與茉莉的公基金則歸茉莉管。

他想先找個地方把自己藏起來。也許是旅館，也許經過房仲就進去買一間偏僻的中古小套房。總之，他暫時不能再回家了。那個，他與茉莉在深坑半山腰上的家。

可是，就這麼人間蒸發嗎？雖然悶不吭聲的確是他的風格。他可以先做一件悶不吭聲的傻事，來回應他心底的悶。他到巷子裡的收費停車場取了車，沿信義路直行過隧道，下了交流道，不往家的方向，而往另一頭，到文湖線的終點站：動物園，在河濱停車場把車停了，過馬路搭捷運。

這是星期三的下午三點鐘，列車未發，已近滿座，平常日人還能這麼多，當然因為現在是暑假。而一個四十歲大男人可以在暑假百無聊賴搭車遛達，當然因為他是個教書的。傑夫已經想好台詞，如果在上上下下的乘客中恰巧遇見了學生，他就要說：「我老婆的車壞了，我的車借她開。」

為什麼連編個說詞都要繞個彎？直接說「我車壞了」四個字不行嗎？不行。傑夫知道他現在必須說給別人聽，也說給自己聽。我不是因為跟我老婆吵架我才跑來搭捷運轉圈圈，我和我老婆沒問題，我還是超疼她的車都給她開，她很好，我們很好。

但是他們根本沒吵架。讓他大白天就失魂落魄的，是一則傳到茉莉手機的簡訊。茉莉今天出門時把手機忘在鞋櫃上，他們其實不太看彼此手機，他只是正好走到了門邊，正好隨著鈴響自然地瞥了一眼，結果，一眼就忘不了：

如果我們要在一起，首先要把那個人處理掉，對吧？

發訊的人叫做「高永健」。茉莉的個性直爽又迷糊，他自始至終就愛她這兩點。但是在電話簿裡把奸夫的名字就這麼連名帶姓地輸入，傑夫不知道這該算在直爽還是迷糊。在他還沒來得及分辨出來時，大門的鑰匙孔又轉開了，傑夫下意識地躲到門後，剛出門一分鐘的茉莉從門外探進一隻白皙纖長蔻丹精緻的手，抓走了鞋櫃上的手機，說：啊，我手機。掰掰。

她只有手伸進來了，臉和眼睛都沒進來，她沒看到我，所以想必也就不知道我已經看到了簡訊，所以我最好也裝作沒看到。傑夫想。不對，她剛剛說了掰掰，若沒看到我，是對誰說呢？想必也還是我，在這個房子中的我，或是有我在的這個房子。對，是對著他們的家說的。那是習慣，是記憶，是歸屬，是分不開的。傑夫想像著茱莉剛剛探進來的那隻手還在屋子裡漂浮著，伴隨一聲聲不斷重播的，直爽又迷糊的：啊，我手機。掰掰。啊，我手機。掰掰。

這讓他的心裡柔軟了起來。

可是剛剛在手機螢幕看到的那一行字變成一塊塊冷酷巨岩，如海岸的消波塊，堵在他們的臥室與書房。

高永健。茱莉。在一起。處理。我。

傑夫不懂，他快速回憶所有他帶著茱莉與高永健見面的場合，他們倆從未私下多說一句話啊。沒錯，高永健是比他帥，比他受歡迎，肌肉和車子都比他大，但傑夫總以為他的鋒頭只限於校園。妻小在國外、車子又大台的高老師，總是有載不完的女學生。他和高永健聊過這事，高說他不會搬石頭砸自己腳，飯碗顧住要緊，再說那些青春肉體眼睛看看就滿足了。所以，不找女大學生找上熟女我老婆，還說要一起處理掉我，高永健你是在出哪招？

傑夫現在就可以打電話給他，說我們聊一聊。不，現在前提是，他要選擇已經知道，或是把時間倒回看到簡訊之前，把那段剪掉，再拼回「現在」。

事實上，他想知道，又不想知道。他想要在被處理之前，先把自己處理掉。他想消失。他想讓茉莉想念他。

所以他像個傻蛋一樣，帶了一堆錢在身上，卻哪兒都去不了。他從動物園上車，坐在列車裡晃過大半個台北，一路晃到內湖南港。刷卡出站，隨即進站，再坐回動物園。然後出站取車，開著車繞過他們家社區大樓那座山，到南港站，再一次停好車，從南港進站，起訖站互調，搭到終點站動物園，一樣，出站再進站，搭回南港，出站開車，繞過山頭，到動物園，停車，再搭車。像緩慢的折返運動。

這條連結南港和深坑的路可妙了。住南港那邊的人叫它南深路，深坑這頭的則叫深南路，但就是同一條路。不就像是傑夫和茉莉嗎？兩個人也始終在人生路途的兩端，是傑夫硬是爬過一座好遙遠的山，與她結合。

傑夫在車上不看書也不看人，不滑手機也不睡覺，他只是在慢慢處理掉自己，一直到天黑。茉莉傳來訊息，一切如常：我到家了，你在哪？

妳還要我嗎？

傑夫打上這幾個字，又一個字一個字刪除。

「捷運。」

他送出。

按個讚吧。我就當作妳看見了，也原諒我了。

2——腦補

傑夫心神不寧，但仍成功矇騙過本來就神經大條的茉莉，兩人相安無事度過了一個日常夜晚，茉莉連傑夫的公事包裡多出好幾捆千元大鈔都沒發現。也是，茉莉從不會主動窺探傑夫的任何私人物品，從大學交往時就這樣，甚至連貓咪都這樣教導。還是同居男女朋友時，有次傑夫買了一袋貓草回家，想對茉莉的貓咪示好，卻一直忘了拿出來，是隔天早上兩人從房間出來，怎麼一地碎乾草渣渣，才知道是貓咪自己聞到氣味去掏了。

「咪咪，你怎麼可以翻老公的包包！」那時還沒有魚尾紋還不會化妝，總是綁個馬尾愛穿橫條紋T恤的茉莉對貓咪說。無論他們分分合合多少次，只要合了，茉莉就會改口叫他老公。

十數年過去，傑夫成了她名正言順的老公。每天出門前，茉莉會給傑夫一個短短的濕吻，說：老公掰掰。一如現在。

但是現在傑夫突然好想要更親密更親密的稱呼，像是把鼻馬迷，或是小熊小兔，或是本名的疊字彥彥和渝渝都好，兩個人嘴唇分開時，傑夫情不自禁開口了，叫的卻是：「咪咪……」

茉莉疑惑地看了他一下，傑夫趕緊修正：「我是說，我們把咪咪接回來養好不好？」

茉莉溫柔地輕敲他的頭，「你哪根筋不對勁？你是想把你媽氣炸嗎？」她說完便出門上班了。傑夫看了一下鞋櫃，有點失望，這次手機可記得了。

那隻黃背白腹虎斑貓異常長壽，他們之間的歷史都重寫幾回了，唯獨那隻貓悠然度日，算起來也十八歲了。茉莉到處流浪那幾年，咪咪被托在茉莉的姊姊百合開在台中的火鍋店，每天在造景庭園奔跑追逐，跟著店員吃香喝辣。茉莉回台後把牠接上來台北，和傑夫結婚後一起搬到了新家，因為傑夫他媽不能接受屋子裡有一根貓毛、又聽說貓咪排泄物會造成女性不孕等等，傑夫卡在中間，勉為其難說服茉莉，咪咪又回到了火鍋店，成為鎮店之貓。

送走咪咪時，茉莉冷靜得很，表面上看起來是「為了你好」、「為了你媽好」、「不讓你為難」、「愛你的表現」，傑夫也感動得不得了，但他該發現的，是茉莉斷捨人事物時的迅速堅決。

她這次，也會這麼快把我處理掉嗎？

我們不等高齡的咪咪壽終正寢嗎，老婆？

傑夫到書房打開電腦，點了高永健的臉書頁面，便看見了上面那句話。

按個讚吧。我就當作妳看見了，也原諒我了。

發文時間是兩小時前。

對誰說呢？對我嗎？現在全世界最值得原諒你的，也就是我了。但偏偏那個妳，是個女字旁的妳。對茱莉嗎？因為他正帶著妻小在南法義大利夏日旅遊所以要茱莉原諒嗎？但明明昨天還傳來了漫遊簡訊，難道昨天一天在他當文湖線傻蛋時，他們已經談判了嗎？

不，還有另一個妳。是高永健的義大利老婆。也許東窗事發，兩個人已經就著便宜的波爾多紅酒用英語吵過一輪。但如果是給他老婆看，應該寫英文才對。

這沒頭沒腦的單行大字貼文，獲得了三百六十五個讚，還包含許多愛心和哭臉。傑夫認得出來，很多是兩人共同的學生，當然大多是女學生的。傑夫也認出來了，高永健的老婆，那很難拼的義大利名字ＩＤ佐濃妝妖嬈低胸洋裝大頭貼，也按了讚。她看到了？她原諒他了？或是不會中文的她根本就沒看懂，只是丈夫貼什麼她就要按讚，代表妻子百分百支持？

茉莉沒按讚。

傑夫剛剛交叉查過了，他們並不是彼此的朋友。茉莉的臉書向來空白，連大頭貼和背景都沒設定，更不用說連遊戲和心理測驗紀錄都沒有，不像他，偶爾還會被學生tag個研討會或導生聚的痴肥照。「註冊以後就沒在用，也不知道怎麼自殺。」茉莉曾說，但她好像也不想學，反正放著不礙事。茉莉style。

回應串裡，女學生送上：好感動。怎麼了嗎？永遠支持高老師。好深情哦……等拍拍文。

高永健則在某層樓回了：

大家別想太多。來法國的飛機上，看了一部電影《海邊的曼徹斯特》，看完一直陷在男主角的情緒裡。這是幫他寫給他的前妻（我的女神蜜雪兒・威廉斯）的！😏😏😏

你再硬凹嘛。傑夫想。

再往下拉，全是義大利老婆的打卡紀錄，高永健被tag在裡面，照片裡的一家四口：台灣爸爸精壯結實露出胸毛和胸肌，義大利媽媽健美性感深V露乳沒在怕，兩個總穿姐妹裝的捲毛雙胞胎小女生更是可愛到爆表。當然爆表指數又反映在得讚數和充滿愛心與花朵的回應串裡。每個送上讚美的女學生彷彿都妒火中燒壓抑著一句：真希望你們婚姻觸礁或師母遭逢不幸，我會好好當個溫柔體貼的後母照顧這對可愛的小蘿莉的。

好好當一個後母，茉莉也這麼想過嗎？當她和高永健計畫著好好在一起，先把我處理掉的時候。

傑夫和茉莉結婚八年，不屬於不想生、想生生不出來兩類之一。他和茉莉很早就討論過，「想，也不想。」茉莉說。於是他們沒有計畫生育、也沒有計畫避孕，但是小孩就是沒有來。「來了就來了。」茉莉又說。但明明有幾次他最後衝刺關頭，茉莉自然地推開他，要他射在外面。

「為什麼？」他頂多這樣問。

「不想。」她最多這樣答。

然後結束。

他們的根本問題應該是，他根本不知道茉莉在想什麼。而在這根本之上的更大問題是，他從來不問。他只想要茉莉快樂，所有茉莉不想做的事他都可以不做，他要茉莉做她自己，而每次他這麼說，茉莉總說：「我想做你的老婆。」然後以親吻結束對話。

高永健的義大利老婆Manuela……怎麼唸？好，暫稱她為ＭＭ吧。ＭＭ貼出了他們的旅行路線圖，傑夫開了中文版的Google Map比對。從巴黎搭火車到亞維儂，參觀亞維儂藝術節和歐杭吉歌劇節，再沿著蔚藍海岸到尼斯，從海岸線搭到米蘭換車到佛羅倫斯，再回到ＭＭ的老家，費拉拉。

亞維儂車站月台自拍照，高永健拉著兩個大行李箱，上面兩個女兒分別岔開腳當推車坐，ＭＭ則搭著高永健的肩，一家四口笑得與背景的藍色天空一樣燦爛。

MM很會拍照，跟女學生那種認不出本尊的自拍照不同，她走的是自然派。高永健和兩個女兒走在前面，她拍下父女仨在南法小城石板路上的逆光背影，周圍是藝術節的街頭藝人和流浪背包客。

傑夫按了自動翻譯，那一串義大利文的Google翻譯體大約如下：

看真正的天才秀，真的是一件享受享受的好東西。那些讓掌聲和笑聲準確下降的時間，都是完全自然的。你可以覺得他有一個強大的安靜和集中的核心，他做的事情，只是為了擴大擴張的波動，然後擴大它。所以無論多麼無與倫比的表演壯麗壯觀，表演者如何飛翔說出好的說唱，但你會看到，堅定。藝術家的堅定。所以，三十六攝氏度的太陽不熱，嘈雜的嘉年華街道並不嘈雜。我在這些天才振幅的空氣中摸索著，再一次將白花放在石路上，打開古老的劇院門，等待著黑暗中。等待，燈光亮起，另一個天才。

也太認真了。完全不是我愛我老公女兒之類的放閃文耶。也許在ＭＭ妖豔的外表下有著一個潔白的靈魂。傑夫發現自己陷入你搞過我老婆我也要對你老婆意淫的中二情緒中，差一步就要對ＭＭ發出交友邀請。

故事都是這麼開始的。

對，他們也一定是這樣開始的！

高永健在某次謝師宴或研討會後與學生的聚餐，可以自由帶老婆出席的那種，發現了茉莉，決定要獵到底。然後就想辦法不透過傑夫要到茉莉的聯絡方式，想一個名目約她見面。買機票碰不到面，換護照！一定是！茉莉要他把舊護照寄過來，高永健說我就在妳公司樓下要不要順便一起吃個飯，一定是！

傑夫關掉電腦，幾乎發著抖在家裡翻箱倒櫃找茉莉的名片，茉莉始終把工作跟家庭分開，家裡自然不會有名片，找了一陣他才對自己啐一聲白痴。拿手機搜尋出茉莉工作的旅行社，按了「撥打電話」。

上午十一點，茉莉應該剛坐定。

總機語音接通，「……請直撥分機號碼，或撥9，由專人為您服務。」

他不知道茉莉分機，高永健當初一定也不知道，他按了9。

電話一下被接起。

「你好，請幫我轉接企劃部茉莉。」傑夫裝出高永健那種外國回來的做作咬字腔調。

「こんにちは、まりです。您好，我是茉莉，很高興為您服務。請問有什麼問題呢？」

天啊，這聲音。永遠聽起來像二十四歲的茉莉的聲音。

「我想換護照。」傑夫說。

茉莉好像聽出傑夫聲音，又不敢確定，但絕對感覺到了空氣中的詭異，不會有人要找一個企劃部經理換護照，要嘛是熟人，要嘛是打算裝熟的人。

茉莉語氣略略遲疑，「呃，我幫您轉接……」

傑夫捺不住了，不再修飾腔調，直接像唸劇本一樣唸出來：「您好我是傑夫的同事高永健我們之前在系辦或是在聚餐的時候有見過，哦對，謝謝您還記得，是這樣的我想要麻煩您幫我換護照……」

傑夫講不下去了，哭了起來。

茉莉這頭沉默。

傑夫嘴巴裡混著鼻涕眼淚抽抽搭搭地說：「是這樣開始的對不對，是這樣開始的對不對……」

茉莉仍沒說話。

傑夫不管了，拿著手機放聲大哭。反正他在家，在他們的家。

3——處理

「是第一次，也是最後一次。」茉莉說。她仰頭吐出煙圈，側臉線條完美無瑕。茉莉不是典型美女，眼睛其實算小，但因始終笑咪咪所以讓人分不出來是眼睛原本就小還是因為笑容拉細了。可以是林憶蓮，也可以是鈴木保奈美。

傑夫坐在茉莉正對面欣賞她。他第一次看到她髮尾捲翹的短髮造型，既年輕又充滿三十二歲的女人魅力。

窗外是小樽運河。他們從上一次分手以後，已經六年沒見面。這六年傑夫讀完博士班，就要開始在私立大學教書，茉莉聽說在旅行社工作一直在台灣日本之間飛來飛去，又聽說去雲南開了民宿，專接待日本人。茉莉愛玩，又是日文系的，想來合理。傑夫盡量不去想念她或去問她的聯絡方式，在他還沒準備好穩穩接住她之前。

跟著家人參加北海道旅遊團，這本來不是傑夫會做的事，但因為媽媽去年乳癌動完刀，唯一心願是全家人一起出國旅遊，傑夫不能推了。況且，在私人企業工作的姐姐妹妹姐夫妹夫都排出休假來了，他是一個有暑假的人，沒有缺席的理由了。

事實上，出發前他祈禱過，也許可以和茉莉在日本來個戲劇化的重逢。在新千歲機場的出口，也許茉莉就是地陪，正拿著旗子在等候。在札幌狸小路商店街，也許茉莉一人在居酒屋喝酒。在定山溪溫泉旅館的大廳，也許茉莉正幫客人辦入住手續。

但是，都沒有。

偏偏在隔天旅程就要結束的這個下午，在這只停留半天的小樽，在團員們拿著餐券各自去領一碗上面蓋滿如橘色水晶串珠的鮭魚卵丼飯（傑夫拿著托盤端了五碗）時，茉莉迎面而來。背著大學生背包，拉著登機箱。傑夫努力穩住手上托盤，順便秀出短袖ＰＯＬＯ衫底下的二頭肌。而茉莉只是好像遇到前一晚認識的遊客一樣，笑得眼睛彎彎，說：

「欸，你也來了？」

吃飽後，茉莉無視傑夫一家人看她如看瘟神，拉著傑夫說她知道全世界最棒的吸菸室，我們去坐坐吧。傑夫不能拒絕。領隊說接下來的兩小時是自由試吃採買甜點時間，茉莉比全世界的甜點更甜，傑夫脫隊了，與家人約好兩小時後到運河十字路口會合，便幫茉莉拉著行李跟著她過馬路。

那是正對運河的老字號旅館的吸菸室，茉莉用日文跟櫃檯人員打個招呼，便大大方方進去了。茉莉style，無處而不自得。

搞清楚了，茉莉在旅行社當內勤好多年想轉當導遊，跟著台灣旅行社的老江湖導遊來當實習導遊，但是，「是第一次，也是最後一次。我剛剛辭職了。」茉莉說這六天真的超級痛苦，她可以在辦公室把行程寫得天花亂墜，但是做不到一一服侍團員。

傑夫也剛從旅遊團與家庭脫逃，他明白。「那妳的團員呢？」

「剛剛去搭飛機了。我自己多留幾天。」茉莉眨眨眼睛。

茉莉訂了這家旅館，房間就在樓上，他們還剩一小時，分合糾纏多年的大學初戀情人在北國陌生街道相遇了，她美麗如昔，兩人交換這些年風雨，傑夫卻什麼邪惡要求都說不出口。是啊，當年第一次開房間時也是茉莉開口的，傑夫等著。

Timing哪。如果剛剛，他們拿著兌換券去了三姐堅持比較好吃的對面那家，或是聽二姐的，不要去跟人家排隊，自己花錢去吃高級的老師傅的店，傑夫將再也遇不到茉莉，如果是電影，他們會不斷同框，但是誰都沒發現誰。

不知為了助興（性），或是傑夫情緒真的太激昂，他主動拿起茉莉的銅製雕花菸盒，點了一根菸。然而，Timing啊。這時服務員走過來，用日文對茉莉說房間已經準備好了，傑夫急著想把菸捻熄，茉莉卻開口了：「你慢慢抽沒關係，等我一下，我去把行李放好。」

醜一。傑夫看著菸灰缸裡，蘸著一點茉莉的粉橘色唇膏的菸蒂，情不自禁伸手撫了撫，變態似的。

傑夫看錶，距離集合時間還剩二十分鐘，如果茉莉現在要他到房間，他也要衝，沒有什麼是不可能的。茉莉背著背包下來了，笑得清朗，對傑夫的後面行程提出建議。

「你不要跟旅遊團搭遊覽車回札幌了！我帶你坐火車！」

啊，我帶你坐火車。多麼青春，也多麼清純。傑夫沒出現在與家人相約的十字路口，打了漫遊電話給大姐（最不會責備他的一個家族成員）。

「那個，姐，我自己搭火車回札幌，跟你們在旅館會合。」

大姐沉默，壓低聲音。「你不要做出對不起全家的事。」

傑夫說我不會，便掛掉電話。雖然他已經開始不確定自己會不會做出對不起全世界的事。啊，要是當初不要年少輕狂每次茱莉搞上學長學弟兩人分手他就回台中的家哭，家人就不會這麼誤解茱莉了。傑夫悔恨不已。

小樽到札幌。JR慢車五十分鐘，經過石狩灣時，白浪拍岸，茱莉也把頭靠了上來，偎在傑夫肩上，說：「對不起，那個時候我真的想愛你。」

我真的想愛你。傑夫懂的，他因為想弄懂茱莉慣用的曖昧句型，碩士班時去上了兩學期的初級日語，這句若翻譯成日文，句尾會有個「が」。Ga。表示殘念，表示現實與原本期待不同，表示難以開口的拒絕。

再翻譯成中文，清楚完整地表達，是：我真的想愛你，但是，點點點。

沒關係，現在那些點點點都不重要了。想做卻做不到，想愛卻無法愛，沒關係。重點是妳現在和我在一起，妳為了我帶我搭火車到札幌，再一人孤零零搭火車回小樽，這就夠了。

傑夫攬著茉莉時，真真切切感覺到，茉莉也跟他想著一樣的事。送你到札幌，我們就新仇舊恨一筆勾銷了。

但事情當然沒有這麼單純，不然他們就不會走到今天。他們各自回到台灣後，傑夫當晚就開著車來到茉莉家樓下，帶著他要對不起全家對不起全世界的決心。

茉莉一上車，就看見喜餅塞滿後座和後車廂，連她剛坐進來的前座腳下也有幾盒。茉莉知道發生了什麼事，喜餅上面的紅色愛心燙著兩個金色的名字：政彥、雅萍。

政彥是傑夫的本名，雅萍是誰，自然也不用問了。傑夫說了此生說過最man的一句話，只有六個字，卻如六字真言般強壯有力：「我會好好處理。」

茉莉剛辭職也沒婚約在身，去天涯海角嫁給誰都可以，但傑夫豁出去了，他換掉手機搞人間蒸發，既沒到任教的學校報到，也沒出現在訂婚現場。兩家人以及雅萍的悲慘，可以想像卻無法去想。茉莉只能在心中發願以後只要遇到叫雅萍的旅客不管姓什麼都要想辦法幫她升級成海景房。

傑夫避了一陣子風頭之後，又順利地找到教職了，這大概是台灣教育界最包容也最匪夷所思的部分了。到新學校，和高永健變成同事，然後來到今天，茉莉搞上高永健。

故事，是這樣開始的嗎？天理是這樣走的嗎？

剛剛在電話裡，傑夫期待茉莉說：「這是第一次，也是最後一次。」那麼他就會好好處理，處理自己的肚爛，處理和高永健之間的疙瘩（大不了再換一個學校）。但是沒有，茉莉說：「你先別哭了，我回家再說，好不好？」像一個媽媽處理兩個小孩放暑假在家吵架，打輸的那個打電話來告狀了。

傑夫打算這次一定要好好挽回茉莉，用最大最大的力氣。

他邊哭邊上網找了小樽到札幌那段鐵路的照片，投影在他們客廳的白牆上。他想，這樣不夠，還要先寫一段話Photoshop上去才行。他在衣櫥深處找出木箱，他把他們大學以來交換過的信件卡片都放在裡面，他一定可以找到最深情的金句。但是，最先浮出來的，卻是一疊明信片。

每次茉莉背叛他兩人分手而傑夫回家哭完又回來勾勾纏要求復合的時候，茉莉就會自己一個人背起背包用信用卡分期買便宜機票跑到一個地方，然後寄一張明信片給他。日本由布院、雲南大理、泰國清邁、峇里島烏布……上面的話，都一模一樣，並且沒有任何曖昧。

傑夫再次讀著那兩行字，彷彿真正知道了故事的結局。

我會很好，請別擔心。
路還很長，各自保重，彼此祝福。

起點

1——要好玩，但不能虛偽

儘管後來茉莉對傑夫而言，是沒妳不能活的致命等級女神，但他們兩人都永遠不會忘記，傑夫第一次給茉莉的評語（或者說茉莉給傑夫的第一印象）是多麼平庸。

傑夫說：「她很健康。」

就這四個字。

人都要長到很大、見多識廣、被人與世界傷害幾輪、身體與心理生幾回病之後，才會體悟「健康」是一種財富，是一種奢求，也是一種至高無上的讚美。但當時二十歲不到的傑夫，彷彿就知道茉莉那種健康強壯健全明亮，是極少人擁有的，裡裡外外坦坦蕩蕩，沒有一點陰影暗角。

也偏偏是傑夫這種沒有一點遐思的傻小子，感受到茉莉三百六十度無死角散發的熱氣時，不會說出她很辣，或她很騷，傑夫只看到她氣色紅潤又充滿力量，聲音宏亮唱著山歌，抓起陌生學弟妹的手跳起山地舞，這是大一升大二的社團博覽會，在校園裡一條叫做「綠光大道」的地方。

體能屬於弱雞等級的傑夫，大一只參加過管樂隊，後來裡面發現沒什麼女生便很少去，理工科系的處男參加社團的最大原因是為了交女朋友，傑夫聽說歌仔戲社女生最多，多到女生要當男生用，但他第一天卻被要求反串扮了個女裝，前景堪憂，落荒而逃。

接著便是登山社。同寢室的學長說，曾經交過一個登山社的女朋友，獨立堅強不會黏著男友不放。傑夫不知道在哪兒啟的蒙，沒交過女朋友就先入為主認定女的都會很煩很黏（但他很快就會知道，這是一種相對關係，和茉莉在一起，他自己是黏踢踢那方）。上大學已經一年，該參加的聯誼與宿營都參加過一輪了，連讓許多男生流口水的那種，與外校音樂系舞蹈系女生的聯誼都去過了，傑夫仍沒遇上一個黏上來、或讓他想黏上去的。

對茱莉的第一眼印象，亦只是「健康」兩字，並沒有一見鍾情這回事。

入社繳費、報名參加活動等等，傑夫也沒再見到茱莉。是後來開學後的小山會師行前會，才和茱莉說上話。那晚所有隊員在宿舍後門的茶店聚會，說是開會，還不如說是聊天，社長拿著簡易地圖比劃一下，說明了五條路線的難易程度，「反正會師就是從不同的地方走上來，在同一個地方碰面，就這樣啦。」

新來的傑夫自我介紹，說自己為什麼叫傑夫。

大一的迎新宿營即興表演，認識不到一個月的大學新鮮人馬上分組，兩小時討論出劇本上台表演，他和一個男同學一組，演什麼不重要，他有句台詞是電視購物頻道當紅的「傑克，這真是太神奇了！」他卻不知道是太緊張還是腦袋斷線，上台時說成「傑夫，這真是太神奇了！」台下笑成一團，從此大家就叫他傑夫。

他重現這個笑話的時候，茉莉是笑最大聲的。剛剛的路線介紹裡，傑夫知道茉莉是其中一條路線的嚮導，便報名了這條線。

結束後，老社員們要帶新隊員們去登山用品店簡單採買，其實只是個郊山，一般的背包球鞋已足夠，但總迫不及待貼上某種「我現在是登山的人了」的印記，一只防水背包套、一個鋼杯和叉匙兩用餐具、一把簡易的瑞士刀，一個頭燈或一個螢光哨子都好。

兩兩分配機車，「你有車吧？那你載茉莉，她知道路。」發號施令的是社長陳宇綸，一百八十幾公分，體育系籃球校隊，大家叫他「輪子」，因為名字有個綸，爬起山來又像風火輪。

茉莉跟著傑夫走到了男生宿舍機車停車場，看到傑夫的摩托車時，茉莉笑了起來。「我不是笑你車爛哦，我是怕它載不動我們兩個。」傑夫瘦瘦高高一根竹竿，但茉莉有肉，傑夫偷瞄一下她的臀側，說不上胖，但要雙載在這小綿羊上是有點委屈。50CC不是重點，是這車真的很舊很破。傑夫不知道在哪聽來新車很容易被偷，所以硬是從中部運上來這台大姊傳給二姊再傳給三姊，反正沒壞也就一直騎著的破舊小摩托車，他明明家世好家境也不賴，也許他想過，等交上女朋友再買新摩托車吧，卻沒想過這破車可能是他交不到女朋友的主因。

「安全帽拿著，騎我的吧。」茉莉說，沒有商量的意思。兩個人又走到了女生宿舍停車場。中間要越過分隔男女宿舍的走道，沒有照明，但因為兩邊就是宿舍房間，燈火通明，並不可怕。

「妳很喜歡唱山歌哦？」傑夫搭了話。

「沒有啊，只是一開始唱就會變那樣。」茉莉不以為意地回答。

這回答嚇到傑夫了，沒有喜歡或不喜歡，只是開始了就會那樣，那樣專業熱情賣力投入。（很多年後，當茉莉成為傑夫家的媳婦，需要穿著背心跟著到處掃街拜票時，傑夫就會想起茱莉當年唱山歌的樣子。）

「是不是沒有妳討厭的事？」傑夫問。以第一次交談的十九歲男女來說，這是有點深度。像是中學時心理輔導課做的測驗。

「不是啊。」茱莉認真思考了幾秒鐘，爽快明確地說：「要看好不好玩。」

「好玩就可以？」

「好玩，但是不可以虛偽。」才兩三句話，茱莉像把傑夫當閨蜜了，「我跟你說你不要跟別人說哦，像我從小看我媽穿和服泡茶就覺得好虛偽，但她可能自己覺得很好玩。」

喔，如果是我媽也會覺得很好玩吧。傑夫想到家裡客廳玻璃展示櫃裡就有媽媽跟團去日本旅遊穿上和服和木屐的照片。

茱莉的摩托車，是一台125CC的新車，以她的體型來說是有點大，但不知為何，傑夫這時已有信心茱莉能駕馭得了任何比她大的東西。

打開置物櫃，裡面有兩頂安全帽。

「這是輪子的，他不喜歡人家戴他安全帽。」為什麼輪子安全帽在這，難道你們是一對？茉莉沒給傑夫時間發問。「不是他有潔癖，是他頭很大。」茉莉說完咯咯笑起來，「不然你戴戴看。」傑夫一戴果然搖搖晃晃，茉莉笑得更大聲。傑夫像廟會七爺八爺那樣搞笑地搖頭晃腦，像要把安全帽甩出去，茉莉大笑到彎腰。要好玩，他好像掌握到茉莉的好玩。

「給你騎。」茉莉說完很自然地坐上後座。車子大的好處（或是壞處？）是騎車與被載的人不會身體貼身體，或者說，如果要貼在一起，那顯然是故意的。茉莉保持著友善但不尷尬的距離，雙手抓在後側的橫桿，而傑夫從後視鏡看到，她總看著路上流動的街景。

他們這輛車是最晚到的，陳宇綸帶隊的其他人馬已經採購完畢，老手們繼續和登山用品店阿哥阿姊打屁搏暖，山上的豪邁情誼，從山下就開始了。買睡袋送防水袋，買爐頭送一罐瓦斯，又說起哪個學校傳奇人物上次穿了哪一件防水防風外套在雪山的黑森林裡露宿一夜。

買完裝備，下一站是士林夜市吃宵夜。幾台摩托車呼嘯過整條中山北路，再到北投洗溫泉。傑夫以前總不認為自己是愛玩懂玩的人，現在才知道是沒跟對人，登山社的真的很會玩。蜿蜒上山路，到了冒著白煙的溪谷，大夥熟門熟路地到了一處免費的男女公共浴池。

傑夫第一次跟一群大男生赤裸相對，他很怕大家（特別是輪子）會玩起比大小的遊戲，但讓他驚訝的是，大家還是都有點害羞，各自以手掌遮著下身，浸到浴池裡。

「學長這裡叫什麼？」傑夫傻愣地發問。

「學長的哪裡?!你要說清楚啊！」輪子開起黃腔，男生們笑得回聲四起。這也是茉莉喜歡的好玩嗎？傑夫不禁猜想。

「觀音窟還媽祖窟的……」輪子說。

「觀音跟媽祖差很多耶！」傑夫笑出來。

「分不清楚啦。啊你是要寫週記喔！」

傑夫發現他還滿喜歡輪子的宜蘭腔，聽說他有一半原住民血統，小時候住在大同鄉部落，現在大家要爬宜蘭的山時會先到他家住一晚，可以想像應該是很好玩的。

比起男生這邊的喧鬧，一牆之隔的女浴池好安靜。直到兩邊泡完外頭集合，茉莉才說，一進去就幾個阿桑像女教官一樣教她們要洗前面洗後面，要用肥皂洗，要沖完腳沖完屁屁才可以下水，只差沒一個一個叫過去檢查，泡一下就想起來了。

「好玩嗎？」上機車時傑夫問。

「不好玩。」茉莉嘛嘴回答，「下次還是去要錢的吧。」

「好。」傑夫雖不確定這是不是一個邀約，還是反射地答好，像被點到名喊有一樣自然。

討厭被管，討厭被限制被監控。傑夫偷偷在心裡做了筆記。而之後的每一天，他都將更確信這一點。

回到宿舍，已是凌晨三點，大夥在門口解散。男宿直接推門進去就行，女宿得按門鈴叫醒舍監留下紀錄，或者翻牆。有茉莉在，當然是後者。

輪子和茉莉終於在這一幕，大方展現了兩人的親密關係。輪子一把將茉莉舉起，傑夫看見，他的大頭還在茉莉胸前磨蹭了一下，才把茉莉放上圍牆，其他人似乎見怪不怪，茉莉跳下牆，幫其他女生們開了門。男女互道晚安，一邊一國，漫長的一夜終於劃下句點。

接下來，傑夫不知道這叫暗戀還是叫變態了。

他趁著新學期加退選結束前選了兩堂日文系的選修課，基礎日文和日本經典電影賞析。他兩三個禮拜在日文系館裡走來走去，就是沒見到茉莉，宿舍食堂、女宿停車場、甚至去登山社辦參加活動，茉莉都沒出現。有次和同學打完球，還遇到了輪子，被吆喝一起去夜市吃滷味，也沒見他找茉莉出來。傑夫不敢開口問，怕問了就好像他們有不可告人的關係，有也就算了，問題就在沒有。什麼都還沒有，傑夫已經七上八下。

終於，來到陽明山小山會師那天。上午七點鐘在校本部的郵局前集合，攤開小隊旗拍張合照，便各路線帶開。茉莉帶的這條叫「內雙溪線」，從故宮深處的內雙溪，穿過古圳，切上稜線，迎著草原走上擎天岡。不算難，但這天午後下了場雨，雨後起大霧，泥巴路變得泥濘，蒼茫的草原更是辨不出方向了。

茉莉和老手拿出路線圖和指南針，傑夫心想，這些人還真的有練過！幾回探路切路，每個人身上的黃色小飛俠輕便雨衣越來越破爛，輪流滑倒在爛泥巴與牛屎上，天色漸漸暗了，白霧茫茫中，有人喊：「擎天岡的牌子！」

成功登上草原，登山社在山林裡互相呼喚的方式，拱手放在嘴巴上，大喊：「嘿呦～」，無人應答，上面已無人煙，會師失敗。

千禧年還有三年，大學生沒人有手機，抵達遊客中心，學長打了公共電話，留守的人說，五隊只有最簡單的主線抵達，但原定會師時間等不到人就走了，其他路線遇上大雨就撤退了，現在陸續回學校。

下一班回到士林的公車還要等一小時，學長從背包裡拿出一包科學麵，壓碎了分給大家吃，傑夫伸出手來接，學長說：「別用手抓，手上都是牛大便。」要傑夫仰頭，直接倒進他嘴裡。

茉莉則在走廊避風處拿出爐頭煮薑茶，一只鋼杯，全隊七八人輪著喝。傑夫開始感覺到這團體的溫馨與緊密，他不只是來把妹的（再說目前看來也把不到）。

下山路上，傑夫第一次知道原來這麼濕這麼狼狽這麼臭，還是可以爽朗大方地搭捷運，沿途聊天說笑。傑夫逮住機會問茉莉，「為什麼妳都沒來社團活動？」

「大一的時候都參加過了。」茉莉說。

啊，看來我們相見恨晚。傑夫想，「那妳都在做什麼呢？」

「打工。」

「餐廳？還是家教？」

「在日文補習班。」

「當行政人員？」

「不是，當老師。」茉莉做了個「噓」的動作。

「在哪裡，我也想學。」

「我才不跟你說哩。」

女生說不要就是要，傑夫不知從哪看來的，但茉莉看起來是真的不要，沒有一點賣關子或調情的空間。很快地，傑夫也會明白，茉莉要的時候就會說要，說不要就是不要。

回到宿舍交誼廳，大家叫了披薩，買了滷味，開了玫瑰紅加蘋果西打，一點都沒有落難歸來的委屈抱怨，反正經過回程，衣服該乾的也乾了。茉莉坐到輪子旁邊，搶下他啃到一半的雞翅。大夥舉起塑膠免洗杯，慶賀在宿舍會師成功。輪子豪邁地炒熱氣氛說：「無論如何，最後還是會會師的！」

登山社有個傳統，講粗俗一點叫做肥水不落外人田，即社內的女生最好只跟社內男生配對，學長姐們還會使力促成，如果是女生帶了外社的男友來了，就暗中破壞。茉莉和輪子看來已是一對了，傑夫也許該把目光轉向其他學妹。

但他卻像被什麼驅使似的，回到宿舍就上網查「日文補習班」，點每一家的師資介紹，找不到，他再上BBS的日文補習班討論版，以茉莉為關鍵詞，終於找到小小的一則回應貼文。

「推薦台北車站附近的大和日語，全部日師，有個年輕老師叫森茉莉，教法很活潑……」

傑夫打電話去預約體驗，幾天後，他見到的茉莉，不再是排汗衣運動褲登山鞋裝扮，而是一件略略繃緊的白襯衫，一條及膝格子裙與厚跟高跟鞋，雙頰塗了腮紅，在台上說：皆さん、こんにちは。

九十分鐘的體驗課，從あいうえお開始。傑夫記得在填寫保險資料時看見過茉莉的本名與身分證字號、出生年月日，不像個日本人，但她現在裝成一個不會中文的日本語女教師，是為了好玩，還是虛偽呢？輪子、或其他社員知道她這個身分嗎？

下課後，傑夫還在填寫櫃台體驗問卷，茉莉就過來了，在他耳邊小聲地說：「我們去北投泡溫泉吧。」

茉莉領著傑夫出新北投站，走到一家乾淨但不昂貴的商務旅館，進到房間，床頭有保險套，桌上有兩罐礦泉水，他們只需要這些了。

「妳跟輪子來過的嗎？」傑夫像白痴一樣問。

「不要問。」茉莉一邊脫衣一邊說。

非常非常久以後，網路上才會出現的流行語法（很恐怖不要問），茉莉此時就用了。傑夫戴了保險套一進入她健康緊實的陰道就射精了。

「沒關係，會越來越好的。」茉莉說。並且說到做到，像一個幫學生加強輔導的老師一樣。他們平均每週一次會到溫泉旅館或各大夜市附近的小旅館休息，傑夫果真慢慢進步，除了日語仍停留在五十音的前面十個。

茉莉說，她跟著媽媽改嫁去日本，國中高中六年大概把大學四年的日文都學完了，現在只要學期末去考試就好，繼父也不姓森，森茉莉是個假名。至於補習班的工作，完完全全是為了賺錢，賺錢則是為了想出國，想四處流浪，那麼參加登山社是為了鍛鍊身體？

「流浪要鍛鍊不是身體，是心啊！」茉莉老成地說。「會來登山社是聯誼的時候認識輪子，他帶我來，就來了。」

聽到輪子傑夫臉一沉，茉莉騎到他身上逗他：「好啦，會來登山社可能是為了遇見你吧。」

傑夫有時覺得茉莉可能連出國或流浪也不會說一聲再見，好像隨時會消失一樣，但是沒有，只要他有空，他想要，到補習班樓下來等茉莉，茉莉就會出現，挽著他的手，問：「今天去哪？」

聖誕節前的冬至夜，登山社辦了湯圓大會，茉莉依然挨著輪子坐，兩人共吃一碗湯圓，茉莉咬開發現流出來的跟上一顆是一樣的餡，就直接餵到輪子嘴巴裡。傑夫以要做報告為由，早早離去。那晚他等著茉莉在BBS上丟他水球，跟他道歉，但是沒有發生。他努力不讓自己去看女生宿舍茉莉寢室的燈，室友全部睡了後，他熄燈上網找了日本A片，邊看邊打手槍，才稍稍有扳回一城的感覺。

下一次的約會，傑夫便攤牌了，無論對茉莉，或對輪子，他不想再遮遮掩掩。

「我有搶人家女朋友的感覺。」

「我不是他女朋友。」

「那妳當我女朋友。」

「有什麼差別？」茉莉好像真的不懂。

「當然不一樣啊！」傑夫想說，我不要看你們當眾交換口水，不要你們坐在一起，不要妳對他笑，不要別人碰妳，但他知道說出這一連串不要，可能會讓茉莉逃走，所以他從滿腦袋的不要之中，挑出一個來講。

「我不要他安全帽放在妳摩托車上！」

「好。」茉莉爽快答應。

茉莉和輪子的分手儀式，就是讓輪子把安全帽拿走了。

那天，為了讓傑夫撞見這一幕，茉莉還說好了時間，讓傑夫可以從宿舍窗口往下看。他看著輪子從女生宿舍機車停車場走出來，頭戴著安全帽，走進男宿舍，像一個走出派出所等著被記者拷問的罪犯，或是一個太空人。

他搶了人家的女朋友。

而且成功了。

傑夫大方地帶茉莉回寢室，手牽手去夜市吃東西，戴情侶手套穿情侶裝，她知道對茉莉無法約束不能這個不能那個，只好自己圈出範圍，讓她在裡面安心。

讓傑夫感覺到「我們真的在一起」，是又過了一個月，茉莉告訴他，寒假要去ABC，問他要不要一起去？

「什麼是ABC？」

「Annapuna Base Camp，尼泊爾的安娜普納基地營。」

她說本來是約好跟輪子一起的，但聽旅行社說，輪子把機票退了，問她有沒有同學想一起。傑夫只有小時候跟爸媽去過東京迪士尼和雪梨歌劇院，還有高中參加一個月的美東遊學團，從沒一個人出過國，尼泊爾三個字不知道怎麼對父母說出口，又加上農曆過年就在寒假期間，他還沒有過不回家過年，但傑夫一想到如果自己不遞補上去，可能輪子又會彈回來，或是有其他精壯猛男插進來，便鬧家庭革命也要去。

茉莉為了流浪有計畫地存錢，傑夫則完全靠爸，他胡謅了一個什麼到尼泊爾當志工考研究所可以加分的叭拉叭拉計畫，旅費順利進袋，已在工作的大姊和二姊還各偷塞給他三百塊美金。

一人一個大背包，從香港轉機到加德滿都，睡最陽春的青年旅館，訂了兩個床位，卻總擠在一張床相擁入睡，趁同房的老外熟睡時蓋了被子脫光衣服愛撫或進入，在公共淋浴間一起洗澡，傑夫覺得他們比起以前的每一次都更加親密。

然而，到了波卡拉，還沒進山，傑夫就掛了，上吐下瀉，高燒不止，一動就天旋地轉，他覺得自己會死在那裡，幾次想要直接打電話回台灣請爸媽找什麼大使館雇一架專機送他回台灣算了。但茉莉只要他放鬆心情，吃當地的藥，與當地水土融合，就會好了。

茉莉請的是說日語的嚮導，傑夫不懂他們在溝通什麼，他吃過藥熟睡之後也無力去管茉莉去了哪，他突然體悟，原來這場病是要他明白，要放下對茉莉的監控，唯有讓自己自顧不暇。

幾天之後，他慢慢好轉，能坐起來，能自己進食。茉莉告訴他，行程已經取消了，等他好了，就回加德滿都然後回台灣。傑夫感動無比，茉莉願意為了他放棄夢想的山徑。

茉莉說，會想來尼泊爾，是因為去年過年一個人去了雲南，又跟著一群人拼車偷跑進了西藏，那群人要繼續往尼泊爾，茉莉卻在邊境被攔下來了。

「沒有去到的地方，就會變成一個記號，它會持續在那裡對你招手，下次一定會再來的。」

傑夫覺得愧疚，溫柔地問茉莉，這幾天好玩嗎？自己去了街上走走嗎？

茉莉鑽進他懷裡，說：「有一天在咖啡館看達賴喇嘛的紀錄片，看到他四歲時的笑容，跟現在一模一樣。」茉莉感動到流下眼淚，儘管傑夫完全不明白，茉莉仍看著他的眼睛，說：「希望我身體裡也有什麼是永遠不會變的。」

2——人生的路線圖

然而，他們處在時時刻刻分分秒秒都在變動的二十一、二歲。半年後，大二升大三，一來不想再花錢開房間，二來對未來還是有規劃警覺的傑夫覺得自己得好好讀書準備考研究所了，傑夫對家人提出外宿的想法。

附帶的是，我交女朋友了。

爸媽跟你想的一樣，對，如果傑夫是女的，爸媽會要他不要跟人家隨便來，但傑夫是男的，就無所謂了。

但田僑仔政客跟你想的不一樣，一聽到交女朋友，媽媽第一句話是那要不要換摩托車，爸爸則是，家裡那台福特開上去吧。

中部大戶人家的實力與格局，也展現在租屋一事上。傑夫媽媽來看過那些永和男男女女穿著內衣內褲來來去去，內衣內褲也層層疊疊晾在一起的頂樓加蓋套房，便大手一揮，說要租下獨門獨戶的河岸第一排高樓社區，過個橋就是學校。

於是，傑夫變成一個在台北有車有房（雖然是租的）的人生勝利組。他們各自擁有了人生中第一支手機，聯絡或遙控都很方便，傑夫日益心安理得。

對傑夫爸媽與三個姊姊來說，茉莉看上去雖然還不到達張玉嬿或俞小凡那種端莊秀麗的標準，但「一口流利的日語」、「媽媽在日本做生意」、「上大學以前都住在日本」無疑加分，茉莉媽媽寄過來的銀座菓子禮盒更滿足了一個鄉長夫人的虛榮。

傑夫從宿舍搬到兩房一廳公寓那天，傑夫爸媽、大姊二姊（三姊那時在澳洲上語言學校）一起和傑夫茉莉吃飯。茉莉找的店，永和街上的招牌火鍋，窄長型的獨棟樓房，訂的位置在三樓，傑夫一家人到達時，茉莉已在樓梯口等候，九十度鞠躬之後幫忙接過包包和重物，傑夫媽媽滿意得不得了，還送給茉莉一個小禮物，三錢重左右的金飾項鍊，一枚比小指甲還小的銀杏葉，茉莉馬上戴上了。看起來像是認媳婦，媽媽卻在席間找了空檔低聲對茉莉說：「林媽媽跟妳說，妳不可以有事沒事就來傑夫這，知道嗎？」

茉莉點點頭。

隔年，傑夫邀茉莉回老家一起過年，大年初三的宗親會辦桌，茉莉的媽媽和繼父也來了，長得像翁倩玉的媽媽還真的上台唱了〈感恩的心〉，全場熱騰鼓掌。傑夫的姊姊們都覺得他們倆一畢業就要結婚了，以至於大年初六開工，而學校還沒開學，傑夫媽媽就帶著茉莉去看生辰八字。

算命的老師比對了兩人命盤，說：「是夫妻啊！」

「他們才大三耶！」媽媽說。

「會結成夫妻的，就算是嬰兒，一抱來我就已經知道了。」

茉莉好玩又像測試似的，拿出自己媽媽的出生生辰，讓老師看。

「結兩次婚，第二次會很好，有異國緣。」眾人瞪大眼睛時，老師接著說：「一男一女，二十五歲生兒子，二十八歲生女兒。」

大家只知道茉莉有個在火鍋店工作的姊姊，沒聽說過有哥哥，茉莉和傑夫笑而不語。

開車回台北的高速公路上，傑夫說小時候看中國民間故事，看到裝錯身體的民間傳說，沒想到是真的。姊姊百合是男兒命，卻裝進了女生的身體。

茉莉也覺得有趣，但卻反問傑夫：「你真的信嗎？」

「說我們是夫妻的部分，我相信。」傑夫嘻皮笑臉回答。

「如果人一生的路線圖都畫好了，那還有自由嗎？」茉莉問。

傑夫說，如果當初他不去日文補習班堵茉莉，如果他甘願輸給陳宇綸，他和茉莉現在可能仍然是點頭微笑偶爾一起爬爬山的關係，更別說現在同居恩愛還親家公親家母歡聚一堂哩。傑夫認為，這就是意志戰勝命運的厲害之處。

「但有沒有可能，就算我們現在什麼關係都沒有，未來還是夫妻啊？」茉莉問。

「如果算命師看得到未來的話，這就是他看到的。」

「大三就知道未來了，不是很可怕嗎？」

「什麼都不知道，不是更可怕嗎？」傑夫安慰茱莉，「妳不想跟我當夫妻嗎？」

「我們已經是了，不是嗎？」

兩人十指交扣，茱莉好像就是從那時候開始叫傑夫老公。無論床上或路上。

傑夫不知道的是，一向挑戰且衝撞未知的老婆茱莉，又開始了意志的遊戲，也就是人生的另一種選項，她回到和傑夫交往之前的開放關係狀態，第一個見面的人，就是陳宇綸。接著，還有其他學弟，然後是補習班的社會人士。

茱莉的認知裡，沒有「偷吃要記得擦嘴」這種虛偽的價值，她赴約了，回來，多洗了一條帶去的性感內褲，就直接晾在他們的陽台上。一開始傑夫還以大概生理期弄髒、大概新買的要先洗過來撫平自己的猜疑，但次數越來越多，而且都是一些沒穿給他看過的超性感款式，傑夫終於開口。

「妳有在見其他人，對不對？」傑夫從他的工程數學與量子力學參考書中抬頭。

「對。」茉莉大方承認。

「誰？」

「有你認識的，也有你不認識的。」

「有輪子嗎？」

「有。」

傑夫痛徹心扉，很想打人，不知道該打自己還是打茉莉，就用拳頭搥牆壁。搥第二下時，茉莉比他速度還快，拿抱枕壓在牆上，她只是希望爭執趕快結束，希望沒有人受傷。但是傑夫完全無法這樣就喊停，他要茉莉搬走，一邊哭叫自己沒辦法讀書考試了，都是茉莉害的。

茉莉快速收好行囊，電腦螢幕裝進登山背包，抱起電腦主機，自己騎摩托車，走了，回到宿舍她空空如也的床位，面對不認識的室友的異樣眼光，清點存款，請好補習班的假，買了機票，這樣過了一個禮拜。

傑夫則回中部家裡哭了三天，爸爸安慰他下一個會更好，然後傑夫回到永和公寓，想要振作卻振作不起來，想要道歉，手機找不到茉莉快要抓狂。

「沒有去到的地方，就會變成一個記號，它會持續在那裡對你招手。」他覺得茉莉可能又去了尼泊爾，發 E-mail 要她回來，不然他就要飛去了。又過了兩週，收到茉莉寄來的明信片，果然從波卡拉寄來的，連綿的安娜普納群峰，傑夫回想起他們在尼泊爾的一切，茉莉在睡袋裡的嬌喘，茉莉用臉盆端來熱水幫生病的他換衣服擦身體，他不能沒有茉莉。

他在尼泊爾時間半夜時打電話到青年旅館，從他們住過的那家打，從加德滿都打到波卡拉，一家一家打，終於找到茉莉來接，哭著叫她回來。

茉莉回來了，他們又好了。傑夫的家人無話可說。

如此在一兩年間上演三四輪，傑夫研究所甄試沒有一家上，畢業在即，房子退租去當兵，把茉莉放生吧。家人們這麼勸他，傑夫不甘願，媽媽又去問算命老師，老師說：就算現在分手，以後也還會當夫妻。我現在只能看到這樣。

以後？多久的以後？下輩子？

媽媽把答案告訴傑夫，要他自己做決定。人生的路線圖，是嗎？傑夫突然有了卑鄙的想法，那麼，他很想知道，茉莉到底怎麼走的會走到今天這樣。不是，不是前世觀落陰，他不信上輩子或下輩子的事，他動用了爸爸的資源，對茉莉做了家世清查。

傑夫拿到各方的文件時，茉莉正在從峇里島回來的飛機上。他不知道爸爸找的是立委去調戶籍資料還是日本那種幫台灣大老婆抓姦的徵信社，傑夫已經不想再蹉跎，他想的是，如果茉莉曾經是個援交少女，或是曾經多次墮胎，或是甚至根本十五歲就生過一個小孩現在在日本已經要上小學，他就要放棄，完完全全放棄，忘記認識過這個人，也忘記他媽的以後還會跟她當夫妻。

但是，當他打開資料，一清二白。

家世與父母的房產都一目了然，沒什麼見不得人的地方。爸爸尤建誌，媽媽張淑香，於民國六十二年結婚，六十四年生下長女尤欣澤，六十七年生下次女尤欣渝，七十八年離婚，尤欣渝約定由張淑香撫養，並改成母姓成為張欣渝。尤建誌八十年娶小十二歲的高靜雅為妻，兩人移居上海，經營藝品公司，高靜雅育有一子一女。張淑香與張欣渝七十九年取得日本居留權，於八十年與喪偶的神奈川縣茶商島田裕二結婚，島田原育有一子兩女。尤欣澤未婚，大學輟學，於台中火鍋店擔任店長。

張欣渝，除了在日文補習班，茉莉從未隱瞞她的本名，傑夫更是多次鍵入搜尋引擎，除了榜單沒有別的。他把自己名字和茉莉名字寫在一起，林政彥，張欣渝，是啊，多麼像喜帖上或結婚典禮背板上的兩個名字。就往這個目標去就好了，不是嗎？

然而，下一份資料，是來自日本警政系統的，已經翻譯好了。一張剪報，休學的大學生細田始於三鷹車站墜軌死亡。後來，有現場目擊乘客指出，細田始墜軌前曾與一名少女拉扯，最後疑似少女掙脫時誤將他推落。少女在父母陪同下傳喚到案，這位名叫張欣渝的少女表示，當時這位陌生人欲拉著她一起跳下鐵軌，那時她只想著「我要活」，使勁掙脫，不知道細田怎麼掉下去的。

最後檢方判定，細田患有躁鬱症，精神狀態不穩，且據家人指出，他最近很熱中於新興宗教，常說些聽不懂的話，想尋求解脫等等，而張欣渝是顯然為了自衛。目前能取得的資料看到的只有這樣。

時間算起來，是茉莉高三的時候。這跟她回到台灣讀大學有關係嗎？她曾經跟死亡離得這麼近，這跟她想流浪放蕩有關嗎？這筆案件在茉莉的人生路線圖上也是安排好的嗎？十七歲在東京郊區等電車的時候會遇到一個想跟妳同歸於盡的神經病，而妳大難不死。

茉莉回到台灣了。傑夫在昨晚的最後簡訊中要她一下飛機就開機，傑夫撥了過去，卻不知道開口該怎麼說。電話響了八聲，茉莉接起了。

「啊，妳還活著，真好！」傑夫唯一能想到的破冰方式。

茉莉在那頭的聲音甜美清晰無比：「我活下來，是為了遇見你啊。」

一如既往的好

1——求婚

也許那天你也剛好在札幌。

你可能參加旅遊團正納悶沒事帶我們來火車站拍照幹嘛，或是自由行正要轉車去函館或旭山，或才剛剛從新千歲機場搭電車抵達，總之你是來來往往、離開與到達的人之一，然後你就聽見了一聲熱血的破音嘶吼，像是多年後才流行起來的高中生屋頂告白，而你發現了那是你熟悉的台灣腔中文，以要把札幌車站廣場上的藍天炸開一樣的氣勢與音量，喊出了：

「嫁給我！」

是的，那男主角名叫傑夫，他怕你沒聽清楚，又多喊了幾次，你確定那是中文無誤，這是有骨氣的台灣人無誤，目光一掃，閘門前，有隻拿著嗶嗶卡的手停在半空，準備刷卡進站回小樽去的女主角定住，回頭，她叫茱莉。

這不是拍片。

他們因為體內的某種純真，或是因為還沒為人父母，導致看起來不太像成熟的大人，但其實已經三十二歲。女的是旅行社小主管，男的還是大學理工科系的新進助理教授。對，你想像你在大學校園叫老師、在黑板上畫著什麼電流圖的那個人，現在正在札幌車站大廳求婚。他為什麼能這麼豁出去？不是因為這裡是札幌，不是因為沒人認識他，而只是因為，那人是茱莉。

從這邊開始看起的人，可能會看不懂，於是，車站外的大鐘，以及距離車站幾百公尺的時計台上的老鐘倒轉了三分鐘，你便能看見求婚之前的那一幕，是他們的道別。

也許這時鏡頭移近了點，以方便你能清楚聽見他們的對話。你覺得很揪心，或者肉麻，甚至太像偶像劇，都無妨，因為她是茱莉。

他們面對面，不知把手怎麼擺才好，彆彆扭扭地擁抱，然後，越抱越緊，把自己埋進對方的身體裡，越埋越深，像是恨不得進入時間隧道。先出來的是茉莉，她慢慢地，輕輕地把傑夫推開，說：「不行，我一定要把我身上一個東西給你。」抓過雙肩後背包，拉開拉鍊開始翻找，她翻出了棉麻薄圍巾、隨身化妝包、筆記本、真皮票夾、一條雲南老繡布包著成都文殊院求來的觀音玉墜……茉莉乾脆蹲在地上把包裡的東西全倒了出來，哐啷掉出一個藏族人給的大鵬鳥老件銅器，茉莉決定就是它了，最像信物的東西。

大鵬鳥長得有點像星際大戰裡的黑武士，勇猛威風，雙手持劍。茉莉眼神堅定地看著傑夫，說：「在印度叫它Garuda，迦樓羅，是造物者毗濕努的坐騎。藏族人告訴我，它是護法，是有神力的，它會幫助你達成一切想達成的事！」

啊，就是這種力量，正向光明健康，一如第一眼。傑夫看著茉莉，沒伸出手去接。傑夫不知該不該接受，他覺得收了就是永別的意思，雖然六年前他已經以為他們永遠不會再見面，但現在他多想再接回當年，重來一次。當年他如此狠心決絕，兩人早上一如往常親吻擁抱說晚上見，下午便決定再也不見。

他的三個姊姊曾經問他如果在路上遇見茉莉他會怎樣？「我不認識她。」當時傑夫這麼回答。

難道阻隔了兩千多個日子橫越千萬里老天爺讓我再見到妳是為了讓妳把這隻黑武士大鵰交給我然後就說掰掰嗎？

如果是這樣，我也認了。傑夫在那一瞬間在腦中努力叫回遠在台北的未婚妻的模樣——那個半年前相親認識交往上床提親，現在正在紋眼線美白敷體又節食只為了下個月穿上白紗的高中女教師——卻發現異常困難，連名字都忘記了！傑夫倏地伸出手握住那冰冰的老銅件。「雅萍」兩字浮現，呼，好險，他不是負心漢，不是花心男。他只是在異國偶遇了曾讓他痛徹心扉又朝思暮想的初戀女友，但他什麼都沒做哦。

傑夫手機響了，他的三個姊姊帶著媽媽跟著旅遊團已經回到札幌，催促著他歸隊，繼續底下的啤酒園蒙古烤肉晚餐行程。其實那頭已在開賭盤，傑夫會不會潦下去？「他敢我就斷絕母子關係！」說最大聲的往往是媽媽，但會最早傾斜的也是媽媽。

傑夫抓過Garuda，不料它身上綁著一條皮繩，皮繩和包裡其他東西纏在一起，茉莉一邊抱歉一邊幫忙解開，繩子越拉越長，整條拉出來後，那頭纏住的東西，讓傑夫雙腿一軟跪了下來。是一個鑰匙圈，上面有四個字：F、O、R、D，連著一把車鑰匙。

「老福特。」傑夫像叫喚一位老管家一樣親暱而懷念。

當年，他們一人一把鑰匙，分手後車報廢了，傑夫當然把鑰匙當垃圾丟了，或交給車廠的人了，總之不在意也不珍惜，沒想到茉莉還留著。就像《令人討厭的松子的一生》那個顧人怨又嘸人愛的松子不管生死流浪顛沛流離到哪始終都帶著大阪萬博會的鑰匙圈，叮叮咚咚地，牽繫著什麼，提醒著什麼。

「為什麼留著？」傑夫的心已經軟成一片蒸過頭的紅龜粿，滾燙飽滿的紅豆沙餡撐在桃色粿皮的邊緣，就要流出來了。

「可能是為了要再次遇見你吧。」茉莉歪著頭說，笑容輕盈透明，眼神淨無瑕穢。說完繼續低頭把纏繞在一起難分難捨的鑰匙圈和大鵬鳥分開，俐落地把大鵬鳥放進傑夫滿是汗水的手掌裡，把老福特和其他家當細軟收回包包，站起身。

「好吧，別讓你媽他們等太久。」茉莉像個體貼親切的導遊。

他們揮手，各自轉身。

然後，在茉莉要進閘門的那一刻，傑夫吶喊了。

正常人，特別你又是聽得懂「嫁給我」三個中文字的正常人，都會忍不住停下來看接下來會發生什麼事？

茉莉回頭了，慢慢地，走到傑夫身邊，問：「這樣你就會快樂嗎？」

傑夫點點頭。

「好，那我嫁給你。」

這一場悶到不行的戲結束了，你才發現有個地方怪怪的，就是，靠腰這麼感人為什麼這兩個人一滴眼淚都沒掉？不是因為他們比較理智，他們其實已經是全人類中比較不理智的一群。

只是因為，他們以前在一起那幾年已經把該流的淚都流光了。還有一個原因是，他們長大了。終於，一起長大了。

2——婚禮

現在妳是一位地方上有名望的前鄉長夫人，妳的丈夫當了幾任市議員兩任鄉長又回去當市議員，總之選什麼中什麼，近年終於退居幕後，但仍對每次選舉運籌帷幄，是最大支的柱仔腳，公家工程包案也都得先來拜訪妳家。妳為了不當花瓶，在婦女會當總幹事，與各鄉鎮婦女會友好交流，時不時穿美麗的訂製套裝和其他官夫人在鄉公所市議會建築物和募款餐會的紅布條前站斜四十五度角拍團體照。

但是這些權勢與榮耀對妳來說都比不上，妳唯一的兒子前陣子雙喜臨門：博士班畢業成功進入一所大學任教（家裡圍牆貼滿慶賀紅紙），還跟隔壁鎮上校長的女兒一個文靜嫻淑的二十八歲高中英語教師準備結婚，喜帖發兩百張，喜餅做了兩百盒，然後你們全家去跟團北海道旅遊回來以後，妳兒子告訴妳要毀婚，原因是他在北海道遇見了他的初戀女友。

你們全家都知道那顆叫做茉莉的炸彈威力有多大，妳突然回想起兒子和茉莉剛交往不久的大三寒假，妳太三八機了竟然帶他們去算命，那位鐵口直斷的老師當時就說了：是夫妻。

妳想，該來的躲不掉，妳下令婚禮不准取消，但是，新娘，可以換人。彷彿一鏡到底的直播，攝影機已經在跑了不准關機但是女主角可以換人。

妳簡直是被政治世家耽誤的王牌製片。妳懂，妳真的懂，什麼叫做硬著幹。

於是，早早預定在國小體育館的八十桌，一年前就要預約妳硬是靠關係喬到的縱貫線第一外燴總鋪師，還有婦女會當作賀禮的弦樂三重奏，一一照計畫就位。

妳的媳婦現在正在體育館舞台底下那堆滿體操墊和一籃籃躲避球的

休息室化妝，等一下她就會跟在噴煙的龍蝦後面出場。主桌上的女方親友都是妳包紅包請來的，妳妹妹婆家那邊的遠房親戚，不會有人認得出來（就說了，妳是王牌無敵製片）。

妳花大錢訂做的金色刺繡黑絨長禮服，贏得了所有地方官夫人的讚賞，妳的氣勢穩住了全場。雖然大部分親友和那些穿背心到處敬酒的議長鄉長鎮長及其助理都在狀況外，不清楚新娘原本是誰現在是誰，但難免有人捕風捉影蜚短流長。哼，愛說的去說，我一旦答應了，茉莉就是我們家的人，我會站在你們這邊，妳在婚禮前這麼對妳的兒子媳婦說，妳多麼羨慕他們為愛不顧一切的決心與勇氣。

原本的新娘那邊，妳和妳的阿那答去喬好了，用很多很多的道歉，以及錢與權。妳在舞台上目光掃過那些愛說人家八卦的八婆們，在妳剛紋好的下眼線和剛接好的睫毛之間放射出光芒。小提琴拉起了結婚進行曲，這是前奏，妳在家裡卡拉ＯＫ練了一個月的招牌曲，要作為新人第二次進場的配樂，妳拿穩麥克風，依照昨天彩排好的從副歌唱起：

炮仔聲，摧阮著來起行，這雙腳千斤重嘸肯行。
難捨目屎早就已經滿塞咧吶喉，感恩喊無聲。

阿嬤妳Perfect！等一下妳那群讀雙語幼稚園的外孫會這樣對妳說。開玩笑，我台中山線江蕙。現在他們大大小小正開心地對著舅舅和遲來的舅媽發射拉炮，新娘子舅媽正發著糖果與玫瑰花，笑得好甜好甜。奇怪，這個到處跟人睡，像匹野馬拴都拴不住，精通英日語浪遊列國的三八機放在我們這種民風純樸的小鎮竟然毫無違和。

妳們四目交會了，妳對著她唱：紅紅的蠟燭，雪白的新娘裳，夢境變作真正。妳看見她閃爍淚光，很好，就是這樣，妳很美，我也很美，今天過了就是頭過身就過，我們一筆勾銷。結婚這麼不容易，你們可要好好相愛，茉莉啊，妳可不要辜負我兒子。

3——蜜月

現在妳是王家衛電影《阿飛正傳》裡的劉嘉玲，妳男朋友張國榮的前女友張曼玉來要回她留在這公寓裡的東西，張國榮要妳把妳腳上晃著的那雙繡花拖鞋脫下來，你們為此大吵一架。

妳這時名叫露露，人如其名，該露的都露，包括愛、自尊與占有。妳就是不脫，妳恰北北但其實充滿委屈地說了一串：「誰說是她的？有記號嗎？不知從哪裡有個女人跳出來，指指點點都說是她的，我怎麼知道還有多少這樣的女人？要是有個女人跳出來說你是她的難道我也要給她嗎？我什麼也不給，我能進這地方，什麼都是我的！」

妳要知道有多少女人佩服妳有這樣的骨氣。張國榮要妳今晚跟拖鞋睡，妳也不卑不亢。

茉莉不知道有沒有看過《阿飛正傳》，但她既不是劉嘉玲，也不是楚楚可憐的張曼玉，換成是她，她僅僅是看到有雙拖鞋就穿了，如果人家來要回去了，她也就脫。沒什麼你的我的他的。

傑夫與茉莉的蜜月旅行去了北橫公路。精確地說，是環了半島，沿著北台灣山區到中部。第一晚在拉拉山，第二晚在明池森林公園，第三晚在太平山，第四晚在翠峰湖，第五晚到武陵農場，第六晚到清境農場，第七晚回台中老家分送名產。

一對在大學登山社認識相戀的新婚夫妻，捨棄了義大利關島馬爾地夫，排出這樣的蜜月行程，乍看之下，合情合理。但不是的，這是傑夫早早為他與「雅萍」訂好的行程，特別是超級難訂的太平山和翠峰湖小屋，更是在開放訂房的兩個月前早上七點五十八分開好網頁，八點一到，馬上點擊，通常八點零二分就會售罄。傑夫認為這是他為相識四個月的雅萍做過的最感人的事。

場地筵席訂了；照常舉行，蜜月房間訂了，全部接收；就連新房買好的衣櫥化妝台彈簧床墊、雅萍和傑夫媽一起去挑的成套金飾與鴛鴦刺繡枕頭套，茉莉也一點意見都沒有。傑夫一家彷彿遇到阿沙力的頂店買家，一句話我全部頂下來。

兩人討論蜜月行程時，茉莉隨口問了：「怎麼會想去北橫？」

傑夫一陣支吾。

茉莉：「不必說謊，不想說也可以說你不想說。」

茉莉這麼一說，反而讓傑夫覺得不說出口會種下一個膿瘡，像他當年在松蘿湖有夠白爛的蜂窩性組織炎。

「因為我跟她的第一次就在那兒，那次本來還想去太平山，但是訂不到房間。」

茉莉只說：「那我真是太幸運了。」輕鬆自然得好像有人退了房而她候補上。

北橫，和茉莉大學交往如膠似漆時，常開著老福特來來往往的山路，因為沒錢住山莊或民宿，幾次在拉拉山停車場直接睡車上，在四季國小搭帳篷，更猛一點一日來回雙北，北橫加北宜，北橫殺到宜蘭，吃完羅東夜市，再從北宜回來。那是雪山隧道還沒開通的年代，光是從桃園大溪這側上山，他們就騎過摩托車、腳踏車、開過車，還曾試著一路攔便車，竟也一路順暢，搭了退休老夫妻的賓士車、原住民的工程車、一家大小露營的休旅車，果然台灣最美的風景是人。

傑夫對玩啊吃啊旅行啊這些都沒什麼天賦，用假掰一點話說，就是不太懂得生活的人，是茉莉教會他這些，某年茉莉生日，他還把那些年在路上的照片做成手工相本，封面就寫著：「我們的北橫公路」。

而後來，他又帶著雅萍走一遍，還留下珍貴的第一次，在北橫公路上疊上了另一個人的記憶。現在原本和雅萍的蜜月路線依舊，只是身邊的人又換回了茉莉。傑夫你是真的不會換條路嗎？

但茉莉沒有一點委屈或得意，你帶你未婚妻去我們以前回憶最多的一條路哦？你現在要帶我去重溫你們的定情之路哦？這些情緒一絲都沒有。茉莉就像北横公路、明池山莊或棲蘭神木一樣不驚不動，一直都在那兒，來來去去的是凡夫俗子的悲歡離合。

蜜月第二晚，來到明池山莊。沒錯，幾個月前傑夫才和雅萍入住過同一區的小木屋，傑夫暗自慶幸還好沒分到同一間房。山中無事，傍晚在池畔散過步，吃過山產風味晚餐，便無處可去。他們在房門口的小平台餵了一會兒蚊子之後，早早在簡單的浴室中共浴，然後上床。傑夫還盡量得表現出不熟悉熱水操作，以免提醒茉莉他不久前才來過，他不想傷害茉莉。

茉莉之前說的，劈腿的人也會難受，傷害別人的人也會痛，也會受傷，原來是真的。但傑夫根本沒有劈腿啊，不對，他在與雅萍婚約尚未解除時就跟茉莉求婚了，就這點而言，他真是混蛋到不行。

睡前，茉莉刷牙時，傑夫躺在床上做了一件他想了兩天的事。在滿是回憶幽靈的路上，想要藉著神木樹靈的力量來退散一切，實在不可能，儘管他把手機裡有雅萍肖像的照片都刪除了，系統相簿還是幫他整理出同一地點的所有照片，一滑就跑出和雅萍來的那次拍的許多櫻花風景照，倒不是觸景生情，而是就覺得不太吉利，櫻花何辜，當初上傳時還獲取了許多讚耶，傑夫還是一一刪了。

要做就要做得徹底。現在他的相簿裡就是只能有茉莉茉莉茉莉。

傑夫發現站在明池神木的茉莉，露出的笑容根本跟二十歲時一模一樣，現在穿著浴袍背對他刷牙的茉莉，就跟過去每一天的茉莉一樣，她會在刷好牙後，含一口水仰頭在喉頭漱幾秒鐘，發出咕嚕咕嚕的聲音，她說很多日本人都這麼做，可以清洗喉嚨，不容易感冒。

傑夫想到這一輩子接下來的每一天睡前都可以聽到茉莉的漱口聲就覺得幸福得不得了。

他問茉莉：「妳記得我做過一本北橫的相簿給妳嗎？」茉莉點點頭，說：「可是，已經丟了。」

也是，茉莉是每次分手連一雙拖鞋都不會留下的人。

「但不是我主動丟的，你知道有分解者嗎？」茉莉補充。她與傑夫有次分手，傑夫一如往常撂下一句話：「我明天回來不要再看到妳。」便搭車回台中了。深夜，茉莉把東西分次搬到樓下，打算搬齊了再攔計程車，有一箱是兩人的紀念品，一些夾來的娃娃、一起出去玩拍的幻燈片、傑夫送的那本大相冊，茉莉把它放在騎樓牆角，再上去搬最後的東西。下來時，那箱不見了。其實，茉莉反而鬆了一口氣，因為她不知道該怎麼處置，「結果負責分解的小精靈就出現了！」

後來他們又復合，有天茉莉在樓下看到一位撿回收的老婆婆拉著板車走過，直覺她就是小精靈，跑過去問她是不是曾經撿了一箱東西？老婆婆是聾啞人士，兩個人比來比去都聽不懂，茉莉比出箱子（兩手畫出四方形）、垃圾（指著板車上的寶特瓶紙箱），老婆婆只是一直重複指著她板車上那些雜物，然後兩手豎起大拇指，意思說這些都是寶。

「最後一次搬走那次，我自己先開著車在永和繞來繞去，就是很想再遇到這位老婆婆，然後把所有東西都給她，但是卻怎麼樣也遇不到。」

傑夫想，只要他們走完這次蜜月，再好好地走下去，過去所有的不好記憶一定一定都會慢慢被分解。再也不需要交接頂替，只要他們繼續多在北橫公路上多走幾回，覆蓋新記憶，種滿記號，這條公路就會再次被走成我們的北橫公路。

4——田園生活

茉莉每天晚上都要一起洗澡。如果夫妻之間有什麼默契或儀式的話，他們之間就是洗澡。新婚燕爾時當然當鴛鴦浴洗，洗到後來就像鴛鴦鍋了，各洗各的，一點都不情色，就是日常。在高永健出現之前，傑夫很肯定，他是茉莉這八年單一且唯一性伴侶，這可是他渴求了十多年的事。

也許一開始傑夫也以為茉莉只是想彌補他們分開的那幾年而已，但漸漸的，傑夫以茉莉的實際行動感受到，她打算把全身上下時間空間精神的物質的全給傑夫，她可以不要她自己，與其說是愛，更像是奉獻，無條件地奉獻。

首先是回婆家一事。

隨便點開一則靠北婆家都可以看到當媳婦的多麼痛恨回婆家，特別是傑夫家那種龐大的家族，但茉莉從不以為苦。回家做三十人份的炒米粉，準備過年過節的祭祖牲禮，茉莉就是跟在傑夫媽媽身邊鞠躬盡瘁，在廚房站一整天也不喊累，彷彿生來就是要當政治世家的長男媳婦，投入程度都讓傑夫媽媽覺得傑夫應該出來選個什麼繼承阿公爸爸的衣缽以不要浪費茉莉這方面的天賦。

傑夫三個姊姊加起來的六個小孩更是繞著爭著舅媽茉莉，茉莉可以陪完大的讀書畫畫，再陪小的吹泡泡騎滑步車。「你們這麼愛小孩應該自己生一個。」對於所有遠親近戚的催促，茉莉也是笑笑，從不違抗，傑夫常常要捏捏自己確認不是在做夢。

一對沒有小孩的夫妻，因為家裡沒有玩具沒有擠奶器沒有兒童用餐椅，同世代的生了小孩的親戚朋友就不會來家裡玩，漸漸變成沒有朋友，兩人作伴，兩人就是彼此的小孩酒友旅伴玩伴。

傑夫體諒茉莉，常常提議：我們要不要出國去哪玩、下班去哪吃飯、假日去哪走走？

但茉莉最常說的三個字是：回家吧。想回家。

在旅行社工作的太太，卻每天都只想回家洗澡睡覺，想在沙發上在床上跟丈夫黏在一起，像貓咪一樣柔軟延展，把身體的表面積以最大範圍與傑夫緊緊相貼。

他們除了深坑的家，台中老家，最常去的地方，就是北橫了。從深坑上北二高南下，從大溪轉入，經過羅浮橋、復興橋、巴陵橋、大漢橋，每座橋都停下來拍照，然後到明池山莊過一夜，原路返回。

事實上，從明池下到宜蘭，再從雪山高速公路通過雪隧回台北會快許多，但那兒會經過玉蘭村，彷彿陰陽兩界，傑夫總是害怕到了那兒茉莉就會回不來。

那裡是輪子，陳宇綸的家。

茉莉和傑夫剛開始交往時，名義上還是輪子的女朋友。只要輪子在，傑夫就要跟茉莉裝不熟。十一月的校慶連假，輪子帶隊去爬了南湖大山，整隊人下課後包了晚餐在宿舍集合，邊吃邊打包，十點多到台北車站搭火車到宜蘭，在宜蘭的台汽客運站過夜，大家鋪了睡墊，或躺長凳，吃吃喝喝打打鬧鬧說說笑笑，隔天一早搭客運到四季部落思源啞口，開始登山。從登山口就開始下雨，登山社的傳統，不撤退，第一晚到雲稜山莊，傑夫已看了兩晚的餵食秀，悶到不行。

山莊滿了，他們一隊十一人，三頂帳篷，四人四人一頂，最後剩下的三人，正好是輪子茉莉傑夫。登山社的慣例，因為帳篷邊會有露水，男生睡兩邊，女生睡中間。那晚，輪子和傑夫分別躺在茉莉的左邊與右邊，經過幾次和茉莉的野戰，傑夫清楚茉莉的睡袋拉鍊在左邊，也就是說輪子可以輕而易舉把拉鍊拉開一點，把手伸進去，做任何只有他們兩個人知道的事。

黑暗中，傑夫只能從睡袋的窸窣聲或茉莉的呼吸聲判斷，他們做到哪裡了？傑夫根本睡不著，他知道茉莉一定也訓練過輪子，如何用兩根指頭就讓她高潮。但茉莉也跟他說過，「我是不叫出來不行的那種」，傑夫整晚都在努力聽茉莉叫了沒有。如果，他想辦法從右邊也開出一個洞，把手伸進去，說不定會撞到輪子的手。半夜，他感覺到睡在茉莉左邊的輪子好像出去撒尿了，帳篷門的拉鍊聲很好認，他抓住時機往中間一撲，不對，怎麼這麼大隻，睡中間的是輪子，出去尿尿的是茉莉，好險這一夾沒把輪子吵醒。茉莉為什麼只和輪子睡，不把一邊給他呢？傑夫賭氣了，第二天吃早餐時也不想理茉莉。

幸而第二天一開始走就遇到巡山員，而原住民血統兼體育系的樂天領隊陳宇綸沒辦入山證，全隊人只得下山。

去哪呢？輪子安排好叫他叔叔開著卡車來接大家，到他家繼續搭帳篷，說雨停就去爬松羅湖，於是又繼續吃吃喝喝打打鬧鬧說說笑笑，有些以攻頂為目標的人看不爽這種墮落行程，早早下山，最後，竟然只剩傑夫、茉莉和輪子三人，傑夫成了最大的電燈泡。家裡房間住得下，不必搭帳篷了，傑夫看著茉莉和輪子進房，而他睡在輪子弟弟的房間。

他為什麼不走呢？為什麼他貪圖著輪子去撒尿、去洗澡時，茉莉過來偷偷與他親親抱抱的那幾分鐘呢？他甚至覺得自己是不是在伺機想要製造意外幹掉輪子？在他自己都不清楚的非理智的陰暗角落。

然而，他先毀掉的是他自己。出發前，他的小腿被摩托車的排氣管燙傷了，本來只是一個小水泡，在山上幾天之後腫成一個麵龜，亂塗亂抹消炎止痛藥，覺得應該很快就好，結果越腫越大，二十歲的身體哪怕這些，就連發燒傑夫都以為是妒火中燒。直到他們上松羅湖那天，傑夫已經燒到搖搖晃晃神志不清，他滑倒了，腫起來的小腿被岩石畫了一刀，輪子一看不妙，傑夫皮下的肉已經變成一塊菜瓜布，蜂窩性組織炎。

傑夫不是自己走下山的，是輪子背著他，三人的小背包全在茉莉身上，而這一對神雕俠侶為了救他，在爛泥路中卯足全力幾乎用跑的衝下山，傑夫那時想，若是死了，就成全他們，在天上祝福他們。

但茉莉沿途鼓勵他，要他加油。也許是生死關頭，茉莉與傑夫臉貼臉，輪子都沒在意，以為是友誼的表現，把自己的臉也貼到傑夫另一邊臉。三張年輕人的臉貼在雨水中，水乳交融。我想要他死，而他要我活，他們這麼強壯，而我這麼弱，無論心靈或肉體，我都遠遠比不上。傑夫甚至迷迷糊糊交代了遺言：你們要幸福。你們的小孩要認我當乾爹。

但他醒來時，已經在羅東醫院，四周乾淨潔白溫暖，他終於不用再聞濕濕爛爛的泥巴味。爸爸媽媽守在床邊，他們說，已經挖了一塊屁股皮來補你小腿的皮，等到小腿肉長出來，就好了。

就好了？

茉莉跟輪子呢？

他們先回台北上課了。一聽到他們單獨在一起，傑夫在鬼門關說的鬼話一句都不算數了，他的嫉妒心與占有慾長得比小腿肉還快，等到好起來，就要把茉莉搶過來，我是為了她才把自己搞成這樣，她是我的。他如此確信。

傑夫成功了，小王扶正。他們付出的代價是不能再回登山社爬山。與茉莉交往不到一年，陳宇綸又以小王之姿敗部復活，傑夫抓狂，吵著分手，但一分手輪子就又變回正牌男友，傑夫便又想起自己那無辜的小腿肉，於是又哭著求復合，他們就這樣輪替了幾回。直到畢業，陳宇綸回宜蘭教書，聽說不久後跟學妹結婚。但沒有了輪子，茉莉還是有其他小王，無窮無盡。每次心碎，傑夫都感覺自己好像又挖了一塊屁股皮來補。

忘了是結婚的第幾年，有一天，傑夫突然主動提議：我們從雪隧到宜蘭上北橫吧？

茱莉先是愣了一下，這代表儘管她多麼豁達多麼透明，儘管他們後來絕口不提輪子，那年在松羅湖玉蘭村的混亂，還是結了一道疤在心上。茱莉問：「你可以嗎？」

傑夫點頭。那次旅行非常美好，他們還在宜蘭往北橫的路上發現了一家超好吃的魚丸米粉，店裡擺滿了老闆的公仔收藏，從大尺寸的無敵鐵金剛到各式各樣小玩意。他們暱稱那家店為無敵鐵金剛，興致一來，便從他們住的深坑開車去吃碗米粉，在宜蘭田園間走走逛逛。

新記憶覆蓋了舊創傷，傑夫覺得自己做得真好，他們一定會越來越好。

一個晴朗冬日，他們正打算從宜蘭上北橫，再到太平山。車子在產業道路停紅燈時，對面是一片田野，有人在焢窯，小孩在田野上奔跑，笑語不斷，大人忙進忙出，白煙裊裊，藍天白雲下，恬靜如畫。

像是原始生活，日出而作，日落而息，自然繁衍，別無欲求。

茉莉看得出神，傑夫便把車子停到路邊，兩人與那天倫田園之樂，隔著一道擋風玻璃，如到非洲看獅子。

突然，茉莉認出來了，是陳宇綸。他高大依舊，有一點小肚子，但撐腰仰天大笑，指揮東指揮西的樣子，依然沒變，傑夫也認出來了。

「是輪子耶！」茉莉先喊出來。

一個小小孩攀住輪子的肩膀，另一個則抓牢輪子的手臂，輪子站起旋轉，無敵風火輪，有幾個小孩興奮地跑過來排隊喊著也要。

他們定睛細看，發現不只有輪子，還有當年一起爬過山的登山社學長學姊學弟學妹，以及他們成群的小孩。天啊現在我們是要下車去打招呼說同學好久不見，順便拿兩顆烤番薯嗎？傑夫遲疑。

茉莉一一認出他們，叫出名字，雖然沒有開車門下車的意圖，也沒有想走的意思，眼神柔和，甚至有些感動。

彷彿，在看著另一個平行宇宙。如果當年傑夫不要闖入，也許茉莉就是底下在包土窯雞的幸福的母親之一。傑夫忽然覺得有些不忍，他稍微激動地握著茱莉的手，說：我們也可以的！

我們也可以生幾個孩子，找一個什麼田園俱樂部，或是我們現在學校某某老師就很喜歡帶孩子登山露營我們可以加入他們，我們就不用像現在這樣尷尬地困在車上了。

茱莉幫傑夫放下手煞車，示意可以走了。車子緩緩離開了田野，傑夫又精神喊話：「我們不用羨慕別人，我們也可以的！」

茱莉一笑。

「親愛的，那是畫啊。我們怎麼可能走進畫裡呢？」

他們繼續往他們的北橫公路前進，茱莉靠了過來，多好，別人的幸福是畫，但他們還有彼此，而且此時此刻茱莉是他的，傑夫轉著方向盤，一邊這麼想著，卻一邊感覺屁股與小腿隱隱作痛。

脫線

1——姊妹

打人喊救人。

茉莉哭到全身抽搐，右手發抖不止，得左手抓住右手，才能稍微穩穩地拿住筆，在離婚協議書上，簽好自己的名字。而這在她與傑夫的離婚證人：親生姊姊百合眼中，只是愛演，用盡全身力氣來哭，好製造一點離別的悲悽，博取一點同情。因此百合只是冷冷用台語下註解：帕郎話救郎，一邊拿面紙壓去協議書上的茉莉的淚珠與鼻涕。

也是，對一個純情剛正，與伴侶忠誠相守二十多年的鐵T而言，沒什麼比有一個水性楊花的異性戀妹妹更沒面子。

前一天，或許茉莉也知道百合一定恨死她，所以直接打給淑雅。

「那個，想要麻煩妳們一下，當初因為傑夫爸爸要選舉，我們把戶口都遷回台中，所以要回台中辦。」茉莉說得像要辦護照還是簽證一樣客氣沉穩。

「辦什麼？」淑雅不解。

「離婚。」

淑雅一邊說好，我們一定到，一邊憂心地看向算著火鍋店成本利潤的百合。百合聽了，先是抬頭冷冷啐了三個字。

「不意外。」

百合意外的是茉莉竟然有辦法跟人家相安無事八年。總統都可以選兩屆了。她在電腦開了搜尋視窗，鍵入：「離婚 手續」，瀏覽後馬上大罵：「騙肖耶，明明全台任一戶政事務所都可以辦好不好！」

淑雅說，那只有一個可能了，就是雙方家長都要出面。於是百合緊張起來，回家後演練了幾次，端端正正地九十度彎腰鞠躬，說：對不起，給您們添麻煩了。小妹就讓我們帶回去管教。

淑雅只當她搞笑。「妳還以為客訴哦！那要不要送他們一疊肉片券算了！」淑雅的明亮與溫暖，二十多年從沒變過，像一顆永不西沉的太陽，沒有陰暗面的人。對她而言，伴侶的妹妹離婚這件大事，就跟她們經營的火鍋店被機車的客人靠北一樣，趕快處理完，往前走，太陽明天照常升起。

「茉莉本來就應該一個人的。」淑雅沒做任何評價，只這麼跟百合說，就好像走錯路了，再走回去就好了。淑雅虔信佛教，不忌諱當離婚證人，不信那些什麼會帶衰的迷信，妹妹遇到一個坎了，陪她走過去，這麼簡單。但百合顯然多點心機，包括科科我們快要結婚合法了你們還在那兒搞離婚的幸災樂禍。

特別是，茉莉不知是一時興起還是悲從中來，上演了柔腸寸斷這一葩，讓百合越看越煩。在這兩對伴侶極少的相處經驗中，在百合片段拼湊的印象中，她以為傑夫才會是要死要活的一方。茉莉不會跟娘家（是的百合與淑雅家就是她的娘家）道夫家長短，傑夫大學時代那個經典案例是百合知道的唯一。

傑夫大二或大三的時候把錢包弄丟了，女朋友茱莉很鎮定，說：打電話掛失提款卡吧。傑夫拿著茱莉的電話卡進了宿舍門口的電話亭，第一通先打給媽媽，說：媽，我錢包掉了。接著，第二、第三、第四通，分別打給大姊、二姊、三姊，被安慰秀秀一輪之後，第五通才打給了郵局。

因此，當茱莉打電話告知百合：我結婚了，百合問：跟誰？茱莉只需說：掉錢包那個。一匹野馬嫁給了一個媽寶，百合曾跟淑雅打賭，頂多三個月吧，卻維持了八年，終於，這一天還是來了。

傑夫當年可是不惜眾叛親離，也要娶茱莉的。中部藍營本土派地方政治世家的大學教授獨子，經過婚姻革命，由媽寶成為一個有主見的男人，而現在，又要因為離婚，變成剛強的硬漢嗎？

坐在女方三人對面的傑夫，如一塊石頭，眼窩凹陷，顴骨突出，沒有表情，沒有情緒，批改作業般簽了名，即將變成前妻的妻子哭到斷腸，他也沒起一點波動，百合懷疑他這樣還能回去教書嗎？這人應該是呆了吧。

傑夫一個人來的，家裡不可能不知道，顯然是他已經擺平了。百合淑雅見傑夫媽媽及其親朋好友的次數，多過於見傑夫茉莉。說來兩邊親家之所以和樂相安，她們的火鍋店貢獻不少，在中部嘛，能讓一個前鄉長夫人感到無比虛榮的事，莫過於去市區那家超人氣連鎖火鍋店時不必訂位不必排隊。

「我媳婦的姊姊開的。」傑夫媽媽領著一排夫人穿過清水模門廳小橋流水佛像與兵馬俑（並且自動忽略門口走廊廁所的彩虹旗），直搗VIP包廂，那些地方官夫人們錯把淑雅當作茉莉姊姊，反正也沒差，在後頭點鈔票跑銀行三點半的百合倒樂得輕鬆，沒必要去解釋淑雅其實是茉莉姊夫或是嫂嫂，傑夫媽媽當然連「伴侶」都說不出口，最適切也最能接受的詞是：合夥人。「她們要什麼，就給她們什麼。」淑雅style。

兩人領完配偶欄空白的新身分證，傑夫突然像清喉嚨般地發出幾聲乾嘔，在淑雅拿出面紙之前，傑夫便急急走了，茉莉目送完他背影，像退乩般虛脫了。

他們已經沒有共同的家可回，辦手續之前財產已都分清楚，那滿載回憶與幽靈的家，現在清空成為一個代售物件，茉莉那份已換成現金，她還不知道要在哪重新開始，回日本找媽媽嗎？但她可不是媽寶。回到婚前浪跡天涯嗎？她不想走回頭路，更何況年紀老大。能丟能送的東西都處理掉了，只帶一點生活必需品，住在短租公寓，暫時留職停薪，如一個正常的失婚婦女。

但現在，走出戶政事務所，要去哪裡？茉莉突然傻了。百合拿出艾草精油在三人周圍這噴噴那灑灑，說算是淨身除穢了，意思是告別，但淑雅不忍看茉莉被抽掉魂魄的樣子，「吃個鍋再回去吧！」淑雅勾著茉莉，往停車場走去。

百合則不完全是為了茉莉，而是讓淑雅釋放一下，她那過多的、無處存放的大姊式的溫柔與慈悲。淑雅當年（乖乖，二十多年前）為了跟百合在一起，兩個人牽手在淑雅家對著父母下跪，轟轟烈烈哀求成全。原本淑雅父母就連開車經過上學路上，看到淑雅百合正正常常手牽手，都要不惜棄車下車去狠狠把她們手扯開的，母親還對淑雅說出很可怕的話「要嘛妳死要嘛我死」，但後來北一女兩個女學生一起燒炭殉情，無疑是對淑雅父母的震撼教育（真的有小孩會為此而死），「妳女兒是同性戀」跟「妳女兒是同性戀並且因此死掉了」比起來，好像還是前者好一點，遂成全，唯一條件是「只要不要再讓我看到妳們」。淑雅排行老大，超疼愛小她兩歲和四歲的弟弟妹妹，但他們與家綑綁成一包，家不要她了，淑雅也只能一起棄絕了。弟弟妹妹長大後幾年會和淑雅見一次面，聽說，過年過節遠親問起大女兒淑雅，父母還會說是去美國留學嫁美國人了，真是人間鬼話。

二十多年，百合不是沒癢過，有次耍帥故意不接電話，隔天在語音信箱聽到淑雅哭到抽搐持續叫喊：「妳在哪裡?!妳在哪裡?!」整整一分三十秒，百合便覺得，太累了，還是乖一點好了。淑雅常引某位仁波切的開示告訴百合：「我們原始本然的心是不懂造作的。」所以，亂搞是造作，耍帥是造作，哭喊都是造作。這是為什麼看到茉莉對情感遊戲毫不疲厭時她會感覺噁心的主因，全是造作，太造作了。

而茉莉知道，吃個鍋吧，是她唯二的親人能為她做的唯一的事，於是她點點頭。她沒想以絕食表現悲傷，她很清楚，如果還要活下去，至少得有拿筷子涮肉的力氣。

火鍋是台中奇蹟，而百合和淑雅的火鍋店又是奇蹟中的傳奇。不分四季冷熱，不分午晚深夜，始終客滿，一律排隊，看起來像是刻意關閉一半座位製造出來的飢餓行銷，但真的不是，座位上真的坐滿了人，連百合和淑雅都被嚇到，平日白天耶，那些人從哪裡來的？是天使吧，不，用淑雅的信仰來說，是菩薩吧。為了把每個菩薩都服侍得更體貼周到，只好開一家又一家分店。

店裡供著的那些大大小小石刻木雕佛像菩薩，不全是擺好看的，淑雅真的每天上香供花，有幾尊還是茉莉旅行時帶回來送她們的。

淑雅知道茉莉不吃火鍋料再製品，但愛極了豆腐油豆腐生豆皮炸豆包，她幫茉莉配好一份專屬套餐，佐料是台灣人不太吃但茉莉獨鍾一味的柚子胡椒醬，還幫她抱來了貓咪。就像過去幾年每年的大年初二（多元成家多好，初二回娘家只需要吃頓火鍋），只是對面少了一個傑夫。

茉莉到頭來還是被寵愛的。

就算走到爸爸失聯，媽媽不親，姊姊不疼，還把自己婚姻親手埋葬的這天，都還有人為她備一份火鍋，眼前溫暖豐盛，腿上貓咪打呼嚕。

「她就是生來被寵的。」百合的語氣已聽不出是嫉妒是嘲諷，還是疼愛。

百合在娘胎時，產檢怎麼照都是男的，阿公阿嬤先去算了個男孩子名，游欣澤，生下來，靠腰，女的。那天親戚剛好送了束香水百合來醫院，大人們隨口把她小名取作百合，但滿是失望遺憾，提不起勁來寵愛第一胎。第二胎，還是女的，好像也就認了，照樣以花名取了個好叫的小名，茉莉，長久以來懸著無處可放的愛意，全灌注到了茉莉身上。

讓百合剛滿兩足歲就早早去上幼稚園，但對茉莉卻是「捨不得讓她去」，每天睡午覺時阿公拍背阿嬤搧風，生來是公主，就連爸媽離婚，家庭破碎，姊妹被拆散，都還能繼續去日本當公主。

茉莉小六，百合國二（已經是男孩樣）時，在茶葉進口公司工作的媽媽和日本客戶好上了，不惜和爸爸離婚，拆散姊妹。百合跟爸爸，茉莉跟媽媽。不知透過什麼關係，媽媽取得了工作居留，把茉莉帶到東京市郊，在朋友開的中華餐廳打工，辛苦度日，一開始跟那男人究竟有沒暗地往來，茉莉無法確認。是過了兩年，那男的喪偶，媽媽正式嫁入靜岡的製茶廠。而在那之前，爸爸早就無縫接軌跟年輕女秘書再婚。這兩對還真的白頭偕老。百合出櫃兼離家出走，則是在高一那年，同居對象就是淑雅。

他們家庭的支離破碎，是媽媽造成的嗎？難道沒有可能，他們早就想要各自自由。

茉莉回台灣參加阿嬤葬禮那次，半夜守靈時太無聊，和百合去以前爸媽房間東翻西找，想找小時候照片，順便看爸媽毀滅了多少過往黑歷史，卻在爸爸抽屜裡找到了一封媽媽寫給爸爸的便箋：

建誌：沒有我，你可以做你喜歡的事了，我很快樂。

淑香

便箋還跟一張電影票根放在一起，《阮玲玉》。姊妹倆充滿問號，到底誰先背叛對方？到底是沒有誰，誰會快樂？茉莉搞不清楚，卻把這句話背起來，還用日文寫在課本扉頁上。

很久很久以後，茉莉在第四台看到《阮玲玉》，阮玲玉最後寫給情人唐季珊的遺書裡，出現了這句話，茉莉便連起來了。媽媽怎麼這麼愛演？還是媽媽那雍容華貴的外表下曾經有個少女魂？可以確定的是，電影上映不久，爸媽便離婚了。

服務生收走鍋子和碗盤，幫茉莉送上甜點，外附一張卡片。

這是火鍋店的噱頭，網美拍照打卡的焦點，名片大小對摺的小卡，打開後會得到一句勵志箴言。正面是手寫體：「沒有什麼事是火鍋解決不了的」，打開，茉莉得到的，很諷刺，也很正面：

從明天起，當個幸福的人。

2——羅剎

茉莉剛剛在戶政事務所的淚腺失控與顫抖，是不經大腦控制的，但這很難解釋。甚至，不是因為愧疚或悲傷或不捨而哭，而是更大的，像是感召到了遠方的災難，當然，自己劈腿導致離婚也是災難，但茉莉知道這種無緣無故的難過，不是因為生離而已，而是死別。

和媽媽與繼父在日本生活時，她有過兩次經驗。不知道為什麼，睡到半夜就是難過到睡不著，起來坐在暖桌前放聲大哭，驚動了媽媽，以為她做惡夢，如此三天，以為她中邪，想找時間帶她去中華街收驚時，就接到了台灣來的消息：最疼茉莉的阿公過世了。第二次，彷彿一回生二回熟，茉莉一邊不可遏抑地狂掉淚（這次學會不出聲吵醒家人），一邊拿著佛壇上的念珠隨便念阿彌陀佛，希望這次不要是阿嬤。但，果然還是來了。阿嬤在第二天中午就走了。

茉莉從小到大並不太哭，就算在阿公阿嬤的葬禮上也是，但卻被沒來由的悲傷襲擊至顫抖抽搐，好像是哪個看不下去的傢伙跑來附身一樣，茉莉以為她的靈異體質過了青春期也就過了，卻又來了個哭到斷腸。她不想去與死亡作連結，卻在一上高鐵打開手機，就看到了火車出軌翻車的新聞。

莫非她感應到的是這班死亡列車？巧合罷了。她這時才第一次感覺心疼傑夫，以他那麼念舊，應該會一輩子都會記得離婚那天就是普悠瑪出軌那天，而出軌兩字又等於在他傷口上狠狠再補一刀，之後的罹難週年、兩週年、三週年，傑夫都會不斷地想起罹難的婚姻。

那頭在救災，在屍塊橫飛，在生死關頭，在天人永隔，我們還在這裡小情小愛？或許傑夫會因此覺醒，加速療癒。

茉莉從包包裡拿出剛剛淑雅塞給她的《法華經普門品》，要她若心不平靜就拿出來念，或為傑夫念。（消除業障，茉莉知道淑雅人太好，忍著不說出這四字。）

茉莉默讀，迴向給傑夫，也給出軌事件的死者傷者。

或遇惡羅剎，毒龍諸鬼等，念彼觀音力，時悉不敢害。
若惡獸圍繞，利牙爪可怖，念彼觀音力，疾走無邊方。

讀的時候必須專注一字一句，一念不起，說是這樣說，但讀到這句，茉莉還是不禁想，呵，對傑夫而言，我就是羅剎、是惡獸、是毒龍諸鬼了吧。因為不想再害你，所以我必須疾走無邊方，傑夫你明白嗎？

傷亡名單陸續更新，裡頭並無熟人，也沒有她工作的旅行社代辦的日本觀光客，茱莉安心了，她看著日文新聞頁面的標題：

脫線。

日文的火車出軌，漢字就用脫線兩字。

我不是出軌，真的，我只是脫線。就像傑夫愛憐地責怪她忘了關窗戶或關冷氣，忘了驗車或繳房屋稅時念的：妳這個脫線的。也許在無限寬廣而慈悲的造物者眼裡，從至高無上的地方看下來，這些交通事故、天災人禍、分手離婚都不過是這個世界的脫線走鐘吧。

他們結婚前最後一次分手，也跟這世界的歷史事件共同被記在同一天，若真有分手紀念日這種記法的話。那是二〇〇四年三月十九日的總統大選兩顆子彈事件，對傑夫來說最慘的應該是隔天還要被爸媽押著回家投票，並且最後還輸了。

但茱莉記得的，卻是那一輛幾近報廢的老福特車，與永和那長長的河堤。

那時茉莉和傑夫已經不知道第幾次復合，茉莉再次搬回傑夫在永和河堤邊的高樓小宅，但依然每天去三芝的海邊咖啡館當內場廚師，這不是一般人會做的事，反正茉莉本來就不是一般人。

若問她原因，也只會得到三字：「好玩啊。」

真的，若不考慮種種現實因素，是挺好玩。平日頂多兩三桌客人，大部分時間都在對著大海發呆看落日數星星，在淺水灣上做瑜伽打排球曬太陽，或開著車到老街跟老婆婆們買菜，哪天山上社區的陶藝家正好帶朋友來喝咖啡了，就早早收店跟著他們去金山泡溫泉。

真的，若不考慮一個多小時車程外有個長跑多年藕斷絲連的理工碩士同居男友的話，茉莉應該就會成為北海岸沿線的咖啡館之花，成為某位藝術家的繆思女神，或哪個提早退休歸隱山海間的男教授的靈魂伴侶。當然，茉莉也以她美妙的身體回應這些咖啡館店長藝術家和老男人的渴求，唯一守住的底線是，晚上十一點一定會老老實實開著那台破爛福特沿著海岸穿過淡水再上環河快速道路回永和的家，沒有一天晚於十二點，有時實在沒客人（也沒臨時情人），茉莉就早早收了店，回家做一桌晚餐，和傑夫一邊吃一邊看第四台的好萊塢舊片（大多都是他們大學時去二輪戲院看過的），再手牽手散步去樂華夜市吃宵夜，然後一起抱抱睡覺。

平淡幸福白頭偕老的夫妻生活也不過如此了吧？如果那與三一九兩顆子彈幾乎同時發射擊中的兩張光碟事件沒有發生，傑夫和茉莉可能會更早結婚，也許就是那一年的暑假，傑夫碩士畢業後。咖啡館老闆的老婆選在總統大選前一日將光碟快遞到傑夫研究所所辦，肯定只是剛好而已。

四周沸騰著總統中彈的新聞，傑夫打開了牛皮紙信封，馬上抱著筆電躲到廁所，因為信封裡附了一張紙條，寫著：「速看！另一張備份光碟已寄往台中林議員服務處。」看起來，針孔攝影機應該是裝在咖啡館裡間的休息室，裡面有一張睡墊，一條睡袋，周圍是一箱一箱免洗餐具和各種備品。片長一小時四十七分鐘，茉莉與老闆的多次無碼激戰集錦，各種體位，各種聲響，各種花招。

現世報嗎？兩三年前傑夫好奇又獵奇地從同學那兒拷貝了週刊大剌剌附贈的政壇之花性愛光碟（反正每個人都在看，反正我又不認識她），現在自己的同居女友未來老婆成了女主角了。那個桃色新聞示範了使用針孔，真是教壞大人。

他明白身體是茉莉的，茉莉的心在他這兒，茉莉不想傷害他，但當茉莉與別的男人就在眼前演A片給他看時，他真的想弄兩顆子彈來斃掉他們。他打給茉莉，關機，他現在衝去三芝只是浪費生命，於是他把手機也關了，直奔台中。他無法想像爸爸媽媽手牽手搖旗子淚喊連宋配以後回家還要看茉莉三點全露。那時還沒有高鐵，傑夫媽媽早幫他訂了晚上的火車票，他拿著那票搭火車一路站回台中。爸媽以為他是為了搶救選情提早回來而感動不已。

傑夫成功攔截下光碟了，在寄到服務處的一疊亂七八糟公文與傳單中要挑出那個牛皮紙袋並不難。傑夫把兩張光碟各摺成四半，放在柏油路上以腳來回拖曳磨到滿是刮痕，用塑膠袋纏了又纏，丟進大圳溝裡。

這時，他才打開手機，收到茉莉傳來的簡訊：「我會離開他，也會離開你。我會把東西都收乾淨，車子會停在河堤老地方。」

傑夫回了一個字：「好。」

茉莉那頭自然也是腥風血雨，她只能要自己撐住，一邊冷靜地在腦中演練逃生計畫。從三芝開車回永和，門口不能臨停，得先去河堤找位置把車停好，走路回家把自己所有東西打包好搬下來，貓咪先裝進籠子寄放在管理室，再去開車過來連貨帶貓裝進車裡。

從永和上高速公路，開兩小時到台中，把貓咪寄養在百合淑雅家，還先付一筆飼料貓砂錢，雖然她跑路需要盤纏，但姊姊已經仁至義盡，茉莉不想再欠更多。貓安頓好了，才處理自己，不，要先處理車，把車開回去放好，才輪到她自己。

但是，要去哪呢？

茉莉無處可去，無家可歸，就連可以暫時借放一下東西的閨蜜都沒有。茉莉回到台北已天黑，她在永和黑漆漆的河堤上繞了幾圈，這是裝滿他們甜蜜記憶的老福特啊，車仍在，一夕之間人事已非。其實傑夫一定隔天投完票才會回來，茉莉大可安安穩穩在他們每日溫存的雙人床上睡個好覺，也許把房子打掃乾淨，在鏡台書桌瓦斯爐貼滿生活溫馨提醒的便利貼，最後插上花，在餐桌上留下滿溢不捨的祝福書信，明天一早再去賣場幫傑夫買幾件CK格子內褲放在床上，就如，她前幾次做過的那樣。

但這次，一來是她能感覺到傑夫的心已如槁木死灰，二來是，她白天已經被那女人折磨到好累好累了。翻桌砸店呼巴掌只是開場，接著放下投影布幕，當著客人與其他店員的面，放了那張光碟，還說已經寄給傑夫和傑夫他媽。（太厲害了，一整個是被婚姻耽誤的競選團隊總幹事。）

茉莉把車停好，打了個盹，醒來已是半夜三點。夜黑風高，周圍一片黑暗，河濱公園零星燈光下，好像還有幾隻不睡覺的孤魂野鬼，茉莉只要一開門，也就變成其中一隻了，一輩子都會是女流浪漢。於是此刻車子變得異常重要，對，她可以拜託傑夫，讓她與她的家當在這車子安置幾天，只要找到落腳地（房子與工作）就還他。

「車子可以借我幾天嗎？我安頓好就還給你。」

三秒收到回覆。

「不可以。」

果然傑夫沒在睡覺。茉莉這時只要打個電話過去，兩人分別在兩頭哭個兩小時，一切又會倒流，又會再重來一次。我不能再耽誤你了，我再也不值得你原諒了，茉莉清楚明白。

她看了日曆，星期六，突然振奮起來。她打平座椅，讓自己再好好睡三小時，天一亮，便開了車到堤岸另一頭橋下的週末跳蚤市場去，把能賣的都賣了：幾件媽媽給的很好的日本大衣、幾個叫得出牌子的包包、一些漂亮的廚具與碗盤、尋寶尋來的古董化妝鏡、早期檯燈。

本來就沒有什麼是不可丟的。現在她一身輕了，只剩下一個小包包，一個小行李箱，而賣掉東西換來的錢足夠她買一張單程機票。

天已大亮，太陽照常升起，羅剎女一樣可被照耀，全島人民準備出門去投票。茉莉把車停好（河堤老地方），行囊輕便，但一跨下老福特車之後，茉莉卻感覺沉重，好像剛剛不是在車裡而是泡在水底那種重。沒關係，她看著長長的河堤對自己說，已經上岸了，會越走越輕的。

茉莉離開了永和，離開了台灣，離開了傑夫曾經以為的永遠。

3——搞砸

茱莉的每個當下都是真心，特別是在床上說出來的話更會讓人揪心無比，但是，事過境遷，傑夫回想，茱莉說出真正中肯公允的人話，只有兩句。

第一句是：「我這麼自私的人，不配有小孩。」

這是傑夫媽媽拜託百合淑雅去勸說茱莉生小孩、或試探她為什麼生不出來時，得到的答案。百合原本堅持不管的，因為一定拿茱莉沒轍。百合對淑雅說：「我已經放棄她了，妳還沒放棄嗎？」淑雅表示不多做勸說，只是為了對親家母好交代。

淑雅回報給傑夫媽，傑夫媽再輾轉告訴傑夫，意思是：無解。很奇怪，明明無話不談說好婚後還要像知心好友的兩夫妻，遇到這種事，就得由家族來多方傳話了。

「妳不覺得茉莉很誠實嗎？」傑夫當時這麼回媽媽，心裡下定決心，不再強迫茉莉做她不想做、做不來的事，例如成為一個母親。他就愛茉莉的誠實與自主（或說自私），不是嗎？他太愛茉莉了，愛到就算沒有小孩都無所謂。

倒是百合淑雅，原本還預期茉莉大概會說出一堆婆媳姑嫂問題，抱怨婆家財大氣粗，或抱怨傑夫太沒情調等等，結果茉莉一句抱怨的話都沒有，字字中肯得想讓人畫線，又如：「如果真的生了小孩，我應該會終其一生都在想著怎麼擺脫他吧。」

「萬一小孩生下來了，但是他不像我想擺脫他那樣地想擺脫我，該怎麼辦呢？」茉莉說。好了好了，百合喊停，一旦出現日文句型式的繞口令她就想起她們的媽媽而開始頭痛。茉莉為了整她，模仿媽媽嗲聲嗲氣地台語日語拼裝句：「妳們欲呷AOMORI欸RINGO

否？」、「來去ＨＯＫＫＡＩＤＯ看ＹＵＫＩ啊！」早在晶晶體出現之前就有淑香體了。

那恐怕是她們姊妹倆從父母離異到現在，說最多話的一次。結論是他們一家四口都清楚自己的幸福不在另外三人身上，所以各自去建立自己的幸福，甚至迫不及待把繫在四人之中的繩結打開，這不也是一件好事嗎？

「肉粽！」淑雅式神譬喻。「就像是肉粽是為了好綁好炊才成一串的吧，但要吃的時候就得一顆一顆解開了。」

「那結婚不就像又把自己綁上另一串肉粽去？」百合挖苦茉莉。

「但我並不覺得不自由。」茉莉對婚姻甘之如飴，大家都看得出來。

「妳最後會跟傑夫結婚，不就是因為他會給妳自由嗎？」百合反問。

「不對。」茉莉搖搖頭：「我跟他結婚是因為這樣他會快樂，我希望他快樂。」

這句在八年前結婚時的確真誠動人，放在今天就變屁話了。

也許傑夫的嘔吐與絕食也是因為又想起這句話。

那晚，茉莉回到家，傑夫又哭又跪哀求她不要再與高永健見面，他可以忘掉一切，兩個人賣掉房子搬到日本去種茶都可以。茉莉只是淡淡回答：「我不敢保證。」

「你教我開車時說過的吧，轉彎或倒車時要慢，因為肉眼與大腦之間的反應時間，已經讓速度製造出新的距離。」茉莉說，就是那個來不及反應的時間差，明明以為不會撞到卻撞上了。

茉莉說，那是我已經控制卻不能控制的。

「我大方秀出婚戒還我老公我老公不離口，但是當一頭致命野獸直直撲過來時，我的獸性也會被撩起，還沒反應就已經潦下去了。」

那是傑夫無法理解的世界，但踩了煞車卻煞不住，他有經驗，當然，是真的開車在路上的經驗，不是譬喻。茉莉說她無法保證，他盡量理解成，就像開車技術再好的人都無法保證自己百分之百不會擦撞。這樣他便懂了。

而那懂了的瞬間，傑夫的身體與大腦之間便脫了勾。大腦還沒跟上，身體卻反應了，傑夫的胃一陣痙攣，他衝進廁所，跪在馬桶前吐到不能再吐。

事到如今，傑夫仍無法對茉莉吐出任何惡毒話語，身體只好代替他太柔軟的心說出來了：妳讓我覺得噁心。

「我希望在開學前處理完。」是傑夫斬釘截鐵定下deadline。接著，茉莉就像安排旅遊行程打包行李那樣地按部就班，傑夫睡到客房，家裡東西慢慢變成一箱一箱，兩人各自搬走，傑夫在附近買了一個一房一廳小公寓（就如當初永和租屋的大小），茉莉搬到短租套房。仲介來看房，共同決定了對買方的說詞是移民，簽好委託書，傑夫以實價登錄的價格先把一部分現金匯給茉莉，之後只要傑夫出面。他花了半天時間回家解釋，爸媽與三個姊姊倒很樂觀，四十歲還沒發福還沒禿頭的傑夫要找個二十八歲三十歲的嫻淑女孩絕對不是問題。

原來世界上並沒有苦盡甘來這回事。他和茉莉從十九歲苦戀分合到二十五歲，在茉莉脫光光給別人看光光那次，他以為是盡頭了，是重生了，六年忍住不再與她聯繫，也跟別人談戀愛甚至都訂婚了，茉莉又出現了，他們奇蹟式地重逢，傑夫這才相信前緣未了。茉莉像是報恩又像是補償一樣，八年婚姻如膠似漆，每天好到不像真的，但是，莫非幸福真的有額度，他們用完了。

他不能再像以前那樣回家哭哭啼啼，討拍討疼。傑夫用他理工的腦袋這麼去想，好比能源枯竭，好比物種滅絕。就像之前他們每次復合他就可以把分手當作夢一場一樣，這八年也是夢一場，只是夢得比較長、比較久、比較美、比較不願意醒來而已。

他把茉莉寄給他送給他的所有東西都丟了。那些手寫卡片明信片帶到學校研究室用超細密碎紙機絞了，絞出來一缸鬆鬆的、像豆腐貓砂的紙屑，傑夫撥動，感受指間的流沙，感受二十歲、二十一歲、二十四歲……三十六歲、三十八歲的茱莉在雲南、在泰國、在北海道、在峇里島、在歐洲，寫字給他。如果再煮成紙漿，鋪平晾乾，像不像幫茱莉留下了屍骨？

是的，他只能用最最極致的方式告訴自己，茱莉死了，才有辦法阻止自己不再去找她。他想到他們大學時一起看過的電影《X情人》，沒有身體沒有觸覺的男天使尼可拉斯·凱吉，與甜美性感的女人類梅格·萊恩的戀愛故事。男的為了跟女的在一起，放棄不死的天使身分，取得身體墮入凡間，曲折愛戀苦盡甘來，結果，女的放手騎腳踏車，被大卡車撞死了。

天人永隔。再一次地，天人永隔。

茱莉是天使，傑夫是凡夫，他們本不該在一起的。現在分開，最好的方式就是天人永隔。傑夫想像茉莉死了，於是難過到連膽汁都吐出來了。他帶著守喪的心情去戶政事務所，眼前的茉莉只是鬼魂，不能哭，不然她會走不了，要誦經，送她往極樂世界。

傑夫只能這樣了。

尼可拉斯．凱吉對著他的天使朋友們說：「我寧可再聞一下她的秀髮，吻一下她的雙脣，觸一下她的小手，也不要沒有這一切的永生。」茉莉的頭髮、嘴唇、手。眼睫毛、魚尾紋、陰毛。腳趾甲、小腿上的疤痕、微突的門牙。現在就與這些廢紙屑無異。

那晚，在浴室吐到全身無力索性整個人攤在冰冷地板一動也不動時，傑夫隱約感覺到了門板外的茉莉的體溫、氣息和味道，感覺到了茉莉的躊躇、懊悔、愧咎，但他多麼害怕茉莉開口說：「原諒我，我們重新開始好不好？」

他感覺到，茉莉吞了一下口水，就要開口了。

（被大卡車撞倒在地，躺在地上一動也不一動，看著天空，看著漸漸消融的有形世界，梅格．萊恩說：「對不起，我搞砸了。」）

茉莉說：「對不起，我搞砸了。」

這是傑夫聽過茉莉說的第二句人話。

沒有終點

1——不列入計算的幽冥時期

茉莉有一套絕處逢生SOP。

雖然說走就走的旅行最帥氣，今晚賣不掉的飯店房間最便宜，但是為了告別或轉換一段狀態時，茉莉不要這麼衝動浪漫。她那種理性而按部就班的原則，多少奠定了她日後能處理職場上大企劃案的基礎。

首先，要自己撐住，不能馬上耍廢或爛掉。不管住在哪，不管用什麼交通工具，到傳統市場，逛一早上，買齊夠一個大胃王吃一週以上的食物，要在腦裡盤算好，一顆大白菜要分做涼拌松柏長青、台式白菜滷和港式焗烤白菜，一顆蘿蔔要能做成關東煮和紅白蘿蔔玉米湯，不能每天中式，中間要穿插和風洋食，番茄醬蛋包飯和豆腐漢堡排，做焗烤白菜的奶油白醬還可以拿來做義大利麵，總之，菜單在自己腦裡，身體要挺住兩大購物袋的食材，超級重的蘋果鳳梨甚至紅白酒都不能少。能負重，跟能走下去一樣重要。

無論住處有沒有電梯，扛上樓去，分類分裝好。足不出戶、不發一語、不打扮不更衣不照鏡子（但每天洗澡）的一週便開始了。

每天睜眼洗漱畢要做的事情就是到流理台（無論廚房大小，兩口瓦斯爐或只有電磁爐），煮好今天的食物，然後便拉緊窗簾，開了DVD和投影機，面對白牆，影碟與食物的馬拉松，簡直天堂。

她一直將一台老舊的投影機帶在身邊，顛沛流離這機器一直放在它自己專屬的小行李箱裡，像一只寵物籃。另有幾本正版盜版光碟，茉莉不是什麼鑑賞家，她只是要有東西看，足以讓她置身事外的東西。

山田洋次幾十集的《男人真命苦》、好幾季的美國影集《六人行》、再加上那些日劇經典《東京愛情故事》、《長假》、《三十拉警報》、《魔女的條件》、《海灘男孩》、《大和拜金女》……並不是沒日沒夜地看，早餐看到晚餐後，頂多再一兩集，洗澡就寢，明日再續，睡飽才有體力戰鬥。

茉莉並不是吃不胖的人，步入職場後基本上每天都在跟體重奮戰。某一次與傑夫分手，正好是小年夜，她搬到狹小的套房，然後開始上述的一週閉關，一週之後，大年初六開工日，她要到新單位面試，寒流來襲，她根本不想出關，但不行，得振作了。天氣凍得連褲子都懶得脫，她穿著一條貼身的睡褲，直接把西裝褲穿在外頭，腰間一扣，竟是鬆的。

原來這種過法，是不會發胖的。

茉莉試了幾次，在每段戀情結束時，在與男主管的不倫戀因為見光必須死順帶必須離職時，或只是自己蠢蠢欲動離開一份工作一個居住地方時，都一樣，每日窩藏在家，步行不到百步，最大的手部運動可能是打蛋，吃得比上班通勤時還多，但不胖反瘦。

茉莉隱隱有種感覺，人生在世，什麼都會留下印記，但這一段時期好像是不列入計算的。在你與外界隔絕的同時，某個看不見的計算機制，悄悄把你各種數值凍結了，無論是業力還是體重。還有存款，當然。

這七到十天，她所有通訊都斷線。到出關復甦日，才一一決定要不要回覆。人生的斷捨離。如果那惱人的來源還未消除（例如男主管的老婆還持續在發恐嚇簡訊），她就把手機門號換掉，然後訂最便宜的機票出國，甚至搬家，包含搬到另一個國家。

我沒有比較可惡。我也受傷了。事情已經發生了，也已經結束了。我們每個人都要自己撐起自己好好走下去。

這番簡潔卻無人能理解的惡女思想，她只能透過一輪沉澱（對方會說是逃避裝死），讓一切平息。如受傷的動物自己尋找了安全的洞穴避難療傷。

後來，茉莉甚至睜眼時看到這天早晨的陽光照進來的光線強弱、角度與色澤，就能判斷是否一切重新開始。

她去過許多次的（其中也帶過一兩位情人、包括正牌丈夫傑夫去過）福岡老市區的東長寺裡，有一尊木造大佛，莊嚴的釋迦牟尼佛，高十．八米，象徵人生有一百零八種煩惱。在佛的底座有個秘密甬道，進入之後，沿著僅容一人的通道走，牆上的畫作會告訴你現在來到何處，先是分隔陰陽兩界的三途之川，接著是地獄審判，六道輪迴，那些小時候在廟裡善書或目連救母故事書上看過的可怕景象，然後，是徹徹底底的黑暗，雖只是全無照明，但感覺已像是被厚實的黑絨布蓋住了頭眼，僅能扶牆前行，茉莉儘管去了許多次，到這段黑暗時，她都感覺進入了無限，好像會永遠停留在此，然而，盡頭處透出了光源，越行越明，兩側諸佛畫像接引，歌詠重生，恭喜你又投胎了一次。

獲得重生的獎賞是，到寺廟隔壁的老舖仙貝店喝杯茶試吃幾片香脆的仙貝，當然，這不是寺廟建議的，是茉莉獨家路線。

這樣的地獄之旅就安插在山中溫泉小鎮鴛鴦浴池與河邊串燒拉麵屋台買醉等極樂行程之中，旅伴們大多只當作一個觀光景點。但對茉莉，就像一種不會疲厭的體驗，從黑暗到光明，周而復始。一進到大佛殿，就想探探那個洞還在不在。

這一次，茉莉知道這坎更深更大一些，但她努力當作是前面幾次之中的任何一次。先買好菜回到小套房，填滿小冰箱，第一晚，她要做日式煎餃，用餛飩皮包成的一口水餃，在狹小的單口電爐上煎，她還從網路上買了章魚燒烤盤，準備一邊看影片一邊拿筷子轉出那些焦香可口的小丸子。

與傑夫八年恬靜的夫妻生活，茉莉把那些配備都丟了，她知道現在只要註冊個帳號付費，所有想看的影片都在雲端。她試著殘暴一些，選了「女性成長」、「療癒」類別，封面一個女的背著背包面朝荒野的片，似乎很適合。片名很長，叫做《那時候，我只剩下勇敢》，勇敢她向來不缺，現在她需要的是像擠牙膏一樣，再把勇敢擠多一點出來而已。

女主角的媽媽罹癌過世了，她墜入深淵，無可自拔，只能靠濫交嗑藥來傷害自己和身邊的人，然後有天她去登山用品店買鏟子時，看見了一本太平洋屋脊步道指南，要走一百八十天幾千公里的路，她去了，從沒登過山的人。

因為反正她的人生到這裡也走不下去了，那麼走去哪裡都好。茉莉也有過這麼一次說走就走，看到日本旅遊節目介紹高野山，說裡面可以跟和尚一起做早課吃齋飯做冥想，馬上就訂了機票去了。

那時是十二月，她沒想過高野山有多高，不知道山上早已零度以下，積滿白雪，她一身平地冬裝就上去了，凍到雙腿紅腫，對，她就是要那種冷。又有一次，裝備帶齊了，去雲南梅里雪山，她從來沒有過高原反應，那次卻完全掛點，整夜無法成眠，頭痛到吐，吐了還得自己挑熱水沖洗，因為不馬上沖就結塊了。那家青年旅館的主人在庭院用大型的電煮鍋燒了一桶水，用多少自己拿臉盆裝，裝完了，再剷些冰倒進去，用多少補多少。

已經虛弱到不知神遊到哪一國的茉莉，還能挺住做完這些事，才鑽回睡袋。她挺住是因為，每個旅者都如此，我沒有比較虛弱，比較辛苦，比較嬌貴。

電影裡那些孤寂與救贖她都明白，唯獨一幕她被打到痛哭流涕。女主角媽媽過世那幾秒鐘。女主角和弟弟一起開車說說笑笑到了醫院，媽媽病房門上貼了字條「請家屬到護理站」，她轉頭，護士手上拿著塑膠醫療手套，裡頭裝著冰塊，對女主角說：「她說她要捐贈眼角膜……」女主角轉身奔進房裡，撲在已斷氣的母親身上。

猝不及防的死亡。

三鷹車站月台，那個陌生人墜軌之前不斷對她說一切皆苦。後來警方調查，這個人從阿佐谷車站開始，就鎖定茉莉了。他可能是在車站前的速食店，聽到茉莉和同學對話的內容，知道她來自台灣，或見她青春貌美，總之不管是什麼，茉莉被他選中了。

那時媽媽已搬到繼父在靜岡的家，她自己在三鷹租房子，每天搭中央線回到阿佐谷上學。那人跟著茉莉在三鷹車站下車，問她：妳去過喜馬拉雅山嗎？

茉莉不覺有異，也沒有戒心，可能是因為他的登山裝扮，配上這話題並不顯得怪。「我很想去喜馬拉雅山。」他說。

「我也想去。」茉莉天真樂觀地回答，世界地圖上的所有地方她都想去。

「是嗎？為什麼？」

「我們課本上說，它是世界的屋頂，站在上面應該可以看到所有東西吧。」

茉莉不太記得詳細的對話，只知道前半段都是愉快的，或者說正常的，健康的，她甚至以為可能是大學生做報告的街訪。

「我想去，因為我很苦很苦很苦，一切皆苦。這世界上應該只有那裡不會有痛苦。」他突然瞬間消沉。

十七歲的茉莉，不知從哪兒來的勇氣，對這個大她好多歲的人說，如果一切皆苦，那麼去到那裡也會一樣苦吧。如果一切皆苦，那麼每個人一樣苦，你沒有比較苦，讓你痛苦的事情已經發生了，也已經結束了，我們每個人都要自己撐起自己好好走下去。

「永遠不會結束。永遠不會有終點。」那人在列車即將進站時這麼說，突然拉住茉莉要一起躍下月台。他們在月台的最尾端，沒有人注意那一或兩秒的扭打，茉莉用從未用過的力氣使勁掙脫了，跌坐在月台邊緣。在警哨聲中，看著那人斷成三截。一切皆苦。

2——他們仍舊認出彼此

為什麼要外遇？

好問題。

對茉莉來說，很簡單，那就是，他們是認得出彼此的。是什麼呢？男生不安分的眼神或某種豪放不羈？女生領口開得特別低或故意露出內衣肩帶？不是。沒有這麼具象，是形容不出來、演不出來的。那不像賭桌上兩回交手就知道哪些賭客是行家，或是路上遇到駕駛技術超好的車就想跟定它，不是戶外用品達人遇到登山裝備狂，不是女生跟女生從腳到頭掃一眼就知道彼此在哪些網路買家或開架彩妝交易，不是小說家讀同行作品就能猜出對方家書櫃上擺了哪些文學教父神主牌。

沒有脈絡，沒有符號，比較像是晶片感應到了晶片，同類荒淫人種認出彼此，就看你要把訊號開到多強。

他們到底是什麼時候被植入了男盜女娼的訊號？是遺傳嗎？茉莉可沒有媽媽那種桃花眼與嬌嗲聲調，以及那種讓任何男人都不知道要把眼睛放在哪裡好的身材。

從幼稚園戶外教學開始，到姊姊百合國中的家長會，同學媽媽之間耳語：尤欣澤尤欣渝的媽媽會去，妳敢讓妳家老公自己去？或是，妳要顧好妳老公，我剛剛看到尤家太太拿日本蘋果請他吃了。

百合小時候看電視看到林美照就會氣憤地轉台，因為太像她們媽媽了。無論茉莉後來告訴姊姊多少次，媽媽已經為愛從良，卸去脂粉，先是在阿佐谷的中華餐館洗盤子洗到皮膚炎，又在靜岡茶園每天摘茶烘茶，就像林美照改走大愛台師姐路線一樣，但百合就是不願再接近媽媽。也許百合認為媽媽在第一次婚姻，在生下她與茉莉時就該有這般覺悟，而不是為了這個頭髮稀疏的日本歐吉桑。

茉莉從不認為自己嫁給傑夫是某種從良或者覺悟，只是好單純地，我們要一起好好生活、共度餘生了，其他的別來亂了。

但他們仍舊認得出彼此。

在遇見高永健的更早以前，茉莉就已深深確認這一點。與傑夫結婚後三或四年，總之已經過著幸福快樂的日子時，有天茉莉醒來，整條右手痛到不行，呼吸都痛，指尖是如針扎的刺痛，手腕到手肘到肩膀則像是拉傷，連開瓶蓋都沒力。他們每週三次散步健走甩手，每週一次請健身教練一對一指導重量訓練，不屬於缺乏運動的族群，但就像完全不抽菸的人會得肺癌一樣，中醫推拿師告訴她，這是腕隧道症候群。

她定期回診針灸，在那總是人滿為患的私人診所裡，掛號看診，然後到二樓的針灸室，一整排有拉簾的床，是小姐太太們塑身針灸用的，她這種沒暴露之虞的，不必遮蔽，針好了就坐在椅子上，看來往的人，或仰頭看電視。

一次，她才上到二樓，就看到那人了。

穿著棉麻白襯衫的捲毛中年男子，看上去平凡無奇，更滑稽的是滿頭插滿針，到底什麼怪病要在頭頂插針？但男子看來精神氣色都很好，而且針在頭上，不影響手部動作，他翻著一份自己帶來的文學雜誌。

哦，是了。也許外人會認為茉莉日後若與此人有瓜葛一定是因為白襯衫或文青刊物，象徵某種品味與地位，但錯了，茉莉覺得就算他今天穿著汗衫拖鞋，她都認得出他。

他也認出茉莉了，主動微笑了一下，茉莉客氣回以點頭，隔著兩張椅子坐下，捲起袖子，醫師在她的小手臂上插了幾針，接著便是等待，他們沒有交談，完全的陌生人。計時器嗶嗶響，護士來幫那男的拔針，同時間，一個稚嫩的聲音從樓梯傳上來：「把～拔～」

男的應了：「欸，寶貝我在這裡。」儘管裝了娃娃音還是聽得出來，是很好聽的聲音。

一個三、四歲的小女娃跑上來趴在他腿上撒嬌。聽過旅行社新進的男同志底迪說，Gay界性幻想對象第一名是，有小女兒的爸爸。果真合理。

男同志們的情敵在後面跟著上來了，年輕辣媽一枚。黑色皮衣外套緊身運動褲鴨舌帽佐濃妝，夫妻看上去相差至少二十歲。

茉莉看著這組全家福，不禁朝那想像的晶片發出訊息：別了吧。你苦過了，對吧。我們就此別過。

茉莉幾乎可以看見這人的前半生，如果真如外表推判是個大學老師的話，可能已經因為搞不定自己搞壞掉幾個女學生，也許還曾經搞大肚子或搞丟教職，還得找有力人士出來喬（但願他也跟傑夫一樣有個有力的老爸），但最苦最累的是要面對自己，終於苦盡甘來，這個腰瘦奶澎的妹子願意全盤接收你，你也願意被她搞定，你們過著幸福快樂的日子，有甜甜的聲音叫你爸爸。這已是此生最好了，不是嗎？

幸福三人組離去時，那男的回頭望了望茉莉，茉莉不知自己入戲太深還是怎的，竟對他笑了笑，搖搖頭，意思是：沒關係，我也很好。男的竟然懂，對她點點頭，牽著妻小的手下樓。

簡直鬼故事。

從診所出來，傑夫正好下了班停好車，過來與他會合，他們一如往常，見面就先擁抱，在對方嘴巴上啄一下，傑夫問她：「餓了吧，想吃什麼？」攬著她往人潮裡走去。那時，她突然覺得，有傑夫好好，她好愛好愛傑夫。

後面的兩三天，茉莉曾經幻想，也許那不知名姓的男子和中醫師是好麻吉，或者他想辦法賄賂護士，問出那個和他同時在診間針灸手臂的日系少婦是誰，我不論代價要她的聯絡方式，或是每天到中醫診所站崗，總之發狂要找到茉莉。

可惜的是，茉莉沒有理由再去診所了。因為那天回家（茉莉記得，那晚有與傑夫歡愛），隔天一覺起來，原本以為還要痛個好一陣子、治療個幾輪才會好的手，竟然完完全全好了，不但神清氣爽，通暢無阻，還像是換了一副全新的筋骨。

傑夫認定那醫師是神醫，茉莉告訴他：反正痛也是來得不明不白，它自己想走就走了。

「那一定是妳卡到什麼了。」日益成熟的傑夫，也越來越有幽默感。茉莉也相信，一定是哪裡卡到了。在她與傑夫平順無礙的幸福日常中，一定還有什麼卡著，但是，茉莉對那個負責疏通的力量說，我願意，用我的關節或筋膜來承擔，如果什麼都可以兌換的話。

茉莉在旅遊雜誌上看過一篇佛教聖地的報導，作者博學多聞（或者是唬爛），說有一位高僧修行了好多世，只差一步就要證悟圓滿，一日托缽行經縣城，看到一位絕世美人，僅僅是一念，兩個字：好美，之前的修行完全歸零，一切重來。又有一個，前面故事完全一樣，不同的是，這位修行人悔恨不已，怎可多看美女一眼，便轉身，以利器挖出雙眼，遂證悟得道，後人稱盲眼聖者。

茉莉不禁想，會不會那男子其實是觀世音菩薩化身來測試她（還頂插滿針，菩薩也太愛演），她通過了試煉，雖然腦中妄念一堆但至少沒有行動，所以她得到了手傷痊癒這個獎賞。或者「病痛」本身也只是個被派來的臨演，攪出這針灸奇緣，發現雙方定力堅強，便可退場。

茉莉不認為自己有定力，她只知道，就像是節食時看到甜點櫃裡的季節限定草莓奶油千層蛋糕一樣，唯一能不吃的方法是不買，唯一能不買的方法是不看。

如果一切沒有終點，恐怕最好的方法是，讓發生時一切就已經結束。

3——直直衝的高永健

高永健是個甜點的話，應該像是整人綜藝節目裡，直接強塞到你嘴裡看你吃不吃那種，沒有猶疑的時間。這不只是譬喻。茉莉一上高永健的車，高永健就塞過來自己的嘴唇與舌頭，茉莉照單全收，接著，當然，還有往下吃其他東西。

離婚後的第一個旅程，是與外遇對象（所謂小王）走一趟自己和前夫的蜜月旅行，這種荒謬又違背善良風俗的事，對茉莉而言，已經是剛好而已。真的，只是「剛好」想去一樣的地方，住過的旅館也很棒沒理由不再住一次，至於景點就那些，重複也是剛好。

茉莉DVD閉關一週的出關日，高永健就用手機拍照，傳來了義大利文版的離婚證書，好像申請入學要畢業證書一樣，現在他們是名副其實的單（姦）身（夫）男（淫）女（婦）了。

高永健本來這一年就是休假，開學了不必回學校和傑夫當同事，天造地設的 gap year。他問茉莉為什麼想去北海道，茉莉老實說了，像說別人故事般地說，她與傑夫在小樽運河旁的重逢，在札幌與定山溪的蜜月。說完之後她再補充，這些都沒關係，我想去，只是因為很久沒去。高永健很興奮，不是為了要重遊情婦與前夫的恩愛路線可以來個幻想式3P，而是他沒去過北海道，他甚至以為日本電影裡所有下雪的地方都叫北海道。

「現在才十月，札幌還沒下雪呢。」茉莉傳了訊息給他，他那頭離婚之後迫不及待要和茉莉視訊，但茉莉堅持不要，說還在享受寧靜，兩人靜靜地傳了文字和圖片訊息，包括第一次雙人旅行的行程資料。

茉莉會比他早一天到，先住在千歲的商務旅館，隔天白天去南千歲的 outlet mall 採買，買什麼？也許一兩套性感內衣，也許一兩支好一點的清酒，再到定山溪，入住溫泉旅館，等待高永健從義大利飛來會合。

他們的回程機票是一個月後，並不是都待在北海道，而是一路往南邊走邊玩，一個月的時間從北到南把楓葉都看透，再飛回札幌，剛好看雪。

之前的半年，每個月一次的偷情，加起來總見面時數不超過二十四小時，而高永健已信誓旦旦說他的下半生全部屬於她。當茉莉和傑夫辦完手續，傳了訊息告訴他：「只是讓你知道一下，但與你無關。」茉莉style。

高永健說給他幾天時間，他也會和義大利老婆理性地談過，結果不過三天，已全身而退，誰說義大利人沒效率。「我們再也沒有第二次機會了。」高永健認定茉莉是來終結他的，直至此生終了。

如果沒有被傑夫發現，茉莉會想辦法理性結束婚外情，繼續和傑夫白頭偕老嗎？事實上，以高永健那種猛烈的玩火程度，茉莉一開始只是當一夜情，但光是這一夜，她就覺得自己該跟傑夫分開了。八年的模範夫妻，就像戒了毒癮八年的人，一旦再染，從此就不再是清白的了。再說，與傑夫最後能成為合法正常的夫妻，幸福安樂生活，已是傑夫給她（或她給傑夫）的第千百次機會。

傑夫在理工學院，高永健在文學院，正因學校弄了個什麼跨界中心，他們才會認識，傑夫才會在年末聚餐帶上茉莉，高永健才會在女廁外把名片遞給茉莉，上面留了兩個字，言簡意賅：Call me。

茉莉不知道媒體上那些淫亂校園的報導，主角們是不是也都是這麼開始。他們小心翼翼地不要上報，方式很簡單，約到一個百貨公司或大賣場的停車場，為了掩人耳目，他們覺得最寬廣舒適安全的是桃園南崁的台茂購物中心，茉莉停好車，上高永健的車，直接到他家。結束後，高永健再載她回去開車。

茉莉第一次踏進那已婚獨居男子的單身公寓，白牆上投影播放著電影《失樂園》。大學時，茉莉和傑夫一起進戲院看的第一部電影，兩個月後又跟陳宇綸到二輪戲院看了一次，對二十出頭歲的身體來說基本是當A片看，出戲院就趕緊找小旅館。

這不知是不是高永健的SOP，只要帶女人回來就放《失樂園》，以方便後面步驟進行。可是與茉莉一起看完與做完，高永健卻說，這種體驗前所未有，他不會再與女學生女同事亂搞了，茉莉就是他尋尋覓覓的那位，現在就像電影那樣死去也無所謂。但茉莉神智清醒，她說，你應該是想找黑木瞳吧。

或許是茉莉的年紀與電影中的黑木瞳接近，剛好又會講日文，提供他直接對號入座。這個神經病在找一具能夠一同飲藥交合死去的身體嗎？茉莉身上莫非散發出我會和你一起死的訊息？

不可能，我還想好好活下去。

好險第二次以後高永健就忘了《失樂園》這回事，好像電影只是迎新儀式。後面就是正常的偷情，以及思考作戰方案。茉莉已不可能再傷害傑夫更多了，於是他們共商一計，高永健帶著妻小在南法義大利度假的期間，在暑假某日的台灣早晨時間，茉莉故意忘了帶手機出門，而高永健在那時傳來訊息：

如果我們要在一起，首先要把那個人處理掉，對吧？

像是設定好定時炸彈的時間，接著躲到門後去，等待八年的婚姻被炸毀。茉莉根本是婚姻裡的恐怖分子。但她知道，唯有如此，從今而後，傑夫才有自由。

至於茉莉，她自由了嗎？開始無後顧之憂的人生下半場，與高永健環遊世界浪跡天涯？

高永健有錢有閒，有臉蛋有身材，有經歷也有精力，有知識也有幽默感。光是把他老爸留給他的房產賣掉，他們就可以把她在旅行社企劃過的所有尊榮奢華之旅走一遍，所有的浪漫饗宴幻想曲嘉年華，跟著所有的畫家音樂家文學家的腳步，從看極光到亞馬遜河雨林探險，從看埃及金字塔到印度菩提迦耶繞佛塔。

如果累了，就在一個地方住下，聽上去就好爽的兩個字：居遊。所有茉莉去過好想去住一陣的小鎮，比利時的布魯日、德國的杜賓根、雲南的沙溪古鎮，再沒有金錢婚姻工作家庭的束縛了。

茉莉剛到定山溪的旅館辦好入住手續，兩人說好在這兒住三夜，三泊六食，當作起點，好好思考計畫接下來的旅程。定山溪溫泉腹地不大，幾家溫泉旅館與名產店，一條小小的街，一個自然公園，裡頭有一條步道通到吊橋，如此而已。因此，旅館是重頭戲。

除了可賞楓觀星的露天大眾湯之外，還有幾間貸切風呂，簡單講，鴛鴦浴。泡溫泉、做愛、吃飯、喝酒、睡覺、散步、泡溫泉、做愛……的無限循環。

茉莉在和室房間點上了薰香精油燈，擺好酒杯，在旅館浴衣底下穿上新買的內衣。高永健已在飛機上，他應該也帶了幾支葡萄酒，也許偷渡了義大利起司與橄欖。貸切風呂已預約好，待他到了，兩人先共浴，然後吃一套豐盛的筵席。

茉莉穿上旅館的拖鞋，在秋陽下散步。她記得路的盡頭有一座小小的觀音堂，比台灣鄉間或稻田邊的土地公廟還小，紅頂白牆，極為素樸，無人看管，自由進出。她一鞠躬，投入五十圓硬幣香油錢，搖響繩鈴，二拜，二拍手，一拜，為後面的旅程祈求平安，為傑夫及他的家人，為自己的家人祈求安樂。

比起其他日本有名的寺院，例如東京淺草觀音寺等，這觀音堂顯得毫無看頭，她也不確定高永健（兩人真的還不熟）會不會有興趣，所以自己先來了。觀音堂的後方有個洞穴，裡面供養了三十三尊觀音，自行投幣三百日圓就可進入。

和傑夫蜜月旅行那次他們也走過一回，參拜完三十三尊觀音，盡頭是另一扇門，打開便可去到一處庭園。

山洞裡，是一條迂迴曲折的隧道，岩壁上還滴著水，三十三尊觀音沿途安放，每尊姿態儀容皆不同。茉莉一尊一尊與之對視，閱讀一則一則的說明文，楊柳觀音、龍頭觀音、持經觀音、水月觀音、魚籃觀音……

來到第五番，遊戲觀音。祂乘坐在五色雲上，左手置膝，右手扶雲。介紹文字寫著：遊戲，無礙之意。遊戲觀音是自由自在的存在。

好玩嗎？

與這安坐雲端的菩薩對望時，茉莉彷彿聽到來自岩穴深處的聲音，溫柔地問她：「好玩嗎？」

是傑夫的聲音嗎？傑夫從第一次見面就時時刻刻害怕茉莉感到無聊或厭煩，時時刻刻小心地確認，問她：「好玩嗎？」無論是旅行，日常生活，還是回老家陪伴父母家人，就連逛超市或看電影，傑夫都急切地想看見茉莉興味盎然的表情。

茉莉這時才發現，自己一直以來在玩的，包括現在她為她與高永健安排的旅程，離真正的自由自在的遊戲還好遠好遠。

希望這洞穴沒有不可折返的規定，反正周圍並沒有其他遊客，茉莉在心裡先對其他此回還未參拜的二十幾尊觀音用敬語說了非常抱歉，下回再來看您們，便回頭推門而出。

幾乎是逃難或躲抓姦一樣，茉莉小跑步回旅館，換回了自己的衣服，拉走行李，對櫃檯說，臨時有急事，必須離開，待會另一位男客人到時請他安心入住，好好休息。應該是姦情敗露了，櫃檯女服務生的臉上如此寫著，卻也恭敬有禮地一一解釋，已經訂了的餐點不能退費云云。

沒有關係，茉莉急急地說，盡量演成一個真的是小孩發高燒或家中長輩進加護病房的賢妻良母。

她趕上最後一班往札幌的接駁車，天色慢慢暗下來，窗外也由山景進入城市燈火。

要去哪裡呢？不能繼續待在北海道，必須先是一個高永健找不到她的地方。不，甚至是所有人都找不到她的地方，然後發個簡訊告訴媽媽和姊姊：我很好，別擔心。

事實上，她們也老早就學會不擔心了。

她滑著訂購機票的網頁，起點CTS札幌新千歲機場，終點從A開始，AMS是阿姆斯特丹，AKL紐西蘭奧克蘭，ATH希臘雅典，ARN瑞典斯德哥爾摩……

好玩嗎？

乾脆像抽靈籤一樣，閉上眼睛，用力一滑，滑到什麼是什麼吧。

看錶，高永健應該快降落了，但她手機已經關機，並且短期內不會再開機。高永健應該不會為她的臨陣脫逃感到意外，頂多難過，而以他的狀況，泡個三天溫泉應該可以痊癒。

如果茉莉的旅程沒有終點，但願這是她最後一次傷害別人。

機率

1——二〇一一年三月十一日

一個人跟另一個人在同一時間進入同一診療室的機率有多低？在台灣恐怕不是什麼稀奇的事。名醫診所，病人們在診療室內坐成一排，假裝沒在偷聽但別人的病情還是自動飄進了耳朵，我們不以為意，反正不認識彼此。到皮膚科診所給醫師看這兒癢那兒長了什麼，就在醫師和其他病人面前捲起褲管撩起衣服，稀鬆平常，我們赤裸裸來到這世上，生病也沒什麼好羞恥。

但是要在同一個診間內遇見真命天女的機率有多低？你沒辦法忘記那天，就如同日本人無法忘記三一一東北海嘯一樣。這不是比喻，而是那天真的是三一一。二〇一一年三月十一日。

你記得護士叫了你的名字，你進去後，看見還坐在診療椅上的她，她的側臉與上圍的曲線很難讓人不看第二眼，倒不是一眼吸睛那種，而是需要看第二眼確認一下，好像有點美，是真的很美吧？好像有點大，是真的大嗎？但你向來俗辣，不敢多看，只好欣賞一下她簡單但有品味的衣著，近乎素顏的淡妝，她正對醫師的最後指示與叮嚀點頭，不外乎是那些：多休息，不要太累，藥三餐飯後吃，醫師多了一句：「等到血停了就不用吃。」

呃，婦女問題吧。你不好意思再多聽，她站起來，準備出去，你也站起來，準備坐到她剛剛坐過的椅子上，她走到門邊又轉頭對醫師補了一句：「醫生不好意思，我沒讓我先生知道，所以也要請你幫忙保密。」

「哦？是來這裡的事嗎？」醫師抬頭問。

「不是，是拿掉小孩的事。」她回答，沒有一點閃躲或難為情。

這時你才意識到自己對她是一見鍾情了。那種直率、明亮而強壯，是你嚮往的。但這兩句對話暴露的資訊已讓你無法對她再多做遐想，是別人的老婆了，還背著先生拿掉小孩了，但是是為什麼呢？夫妻失和嗎？這樣我可以甘願當備胎沒關係真的。

但下一瞬間，醫師回她的話，又打醒你。

「沒問題的，你們夫妻條件這麼好，應該多生幾個啊，一定是還沒過夠兩人世界齁！」

她不置可否淡淡地笑了，推門出去。你沒見過那麼美的眼角細紋，你把笑容映在心中，伸出手讓醫師把脈，你用眼用腦過度，缺乏運動，睡不好，肝不好，眼壓高，現在你突然覺得都是因為生命中少了她造成的。你自己知道答案，又怕脈象出賣了你，讓醫師察覺你對人妻存有幻想。

你整天在家寫劇本，接不了天地元氣，只好靠中藥材調順身心，靠針灸打通任督二脈，為什麼不是靠維他命還是什麼健身器材？因為那太先進太洋派了，跟你每天在寫著的台灣民間傳奇驚世勸世醒世系列太不同調，你整天面對電腦幻想出竹林溪邊古廟大院官衙等場景，連出門吃飯都要找古色古香的例如春水堂，看醫師當然要看中醫，順便做做功課，妯娌戰爭大嫂要害小嬸流產時要抓什麼藥，夫妻之間生不出小孩要吃什麼來壯陽？你好像就是寫中藥舖傳說那一系列時來採訪這位中醫師之後，便開始定期回來調身體，每次進到診所就覺得氣場不凡，原來，原來是為了今天的這一面。

你寫的男女主角反正一律穿古裝，除了偶爾寫寫洞房花燭夜會寫到「露出肚兜與雪白前胸」，然後就沒有了，因為是要給婆婆媽媽看且全天候可無限重播的尺度，要描寫外表也就是美若天仙四字，但現在你多麼想從工作褲側邊口袋拿出隨身筆記本把她的相貌氣質衣著配飾寫下來：長睫毛高鼻梁嘴唇上薄下厚，棉麻白色襯衫低開襟，米灰色薄圍巾，手指很長很美，塗粉橘色指甲油……就好像你寫過某集劇本一位畫家在路上遇見一見傾心的女子，回家把她畫下來，拿到各村莊詢問，當然那是個悲劇，那女子真的是仙女，只是下凡來玩耍而已。畫家終生再見不到她，也什麼都畫不出來了，只能不斷地畫她，很快因為思念成疾，抑鬱而終，到了天上，才又見到第二面。

你害怕她也是，只是個下凡來觀光的天女，哦不，她剛剛說了，已經結婚甚至還懷孕又打掉小孩了，為什麼？因為隨時要離開她的相公回天界去嗎？

「外面拿藥。」醫師說，你站起來，你想，如果出到候診間，她還在，你就要勇敢開口搭訕她，對，最好是電視上還正好在播你寫的七世夫妻。你開門，喔耶，她還在！而且，旁邊位置是空的！而且，她還抬頭在看電視！

然而，周圍有一點點騷動，你隨著大家的目光看向電視機，新聞即時插播，日本發生天搖地動的大地震，就要引發海嘯。

這也很好搭話的，你想，「好可怕啊」、「沒關係，我保護妳。」或是「哎呀好一陣不能去日本了。」、「沒關係，之後我陪妳去。」你在心中把台詞穩穩念了兩遍，朝她走近，但她接起了電話，「好，我馬上回去。」你聽見她清晰地說，沉著得像是女總統要回災難應變指揮中心。

她要回去哪？她是外交部發言人嗎？是國際新聞中心的主編嗎？或是家人正在日本東北旅遊？是她那感情不睦的丈夫及婆家嗎？你看著她小跑步的背影，又探出身體看著她在門口路邊伸出好看的手攔計程車，就算她不是什麼功成名就的職場女強人，你也確信她是一個災難發生的時候有地方「回去」的人，而那地方需要她、渴望她，而你只是一個每天在付房貸付到歪腰的挑高套房不斷打字打到面無血色的無名編劇，而目的只是為了買房子買車子，沒有理想，庸俗得很。逼使你重視養生的原因之一是，希望自己不致猝死在那房子裡，因為可能要發臭了才有人發現。

「ㄓㄤ ㄒㄧㄣ ㄩˊ。」護士晃著藥袋揚聲叫喚，無人回應，那，這是她的名字了?!你又多獲得了一項重大資訊，但怎麼寫?你站起來，走到櫃檯邊，如果醫師開給你的明目醒腦精力湯有用的話，就是用在這一刻了，你窮盡視力看向藥袋上那小小的打印出來的灰色字體。

張欣渝。

賓果。

你可以馬上拿出手機來搜尋，但你不要，你要回家慢慢享受。死變態。

這不算太菜市場的名字，扣除掉榜單和捐款功德簿，只剩下一個證券公司副總裁和旅行社企劃經理，而你在後者的粉絲頁上看到了她與熊本縣吉祥物合影作為宣傳的照片，證據確鑿，感謝小編。

現在你有她公司電話，打過去請總機轉接就可以再聽到她的聲音。但她現在應該焦頭爛額處理日本旅行團的聯繫與退訂，連藥都可以忘了拿的程度，想必非常緊急，不要再去亂她了，你一整個體貼起來。但事實上，你偷偷地打了，兩次都是忙線中，你決定再去寫半集土地公傳說。

為了慶祝這神奇的一天，你打開了宮城峽威士忌。不知道為什麼，生活毫無樂趣品味的男編劇，卻都對威士忌很有一套，穿一件六百九的Uniqlo，要喝一瓶六千九的威士忌，你多年前也加入了他們的行列。偶爾有些剛烈女子會參加品酒會，但她們對你來說太猛太辣了，你相信張欣渝也是喝得了純威士忌的，但奇怪她身上就沒有那種辣勁，好的威士忌是溫和的，尾韻是甜的，是堅果與蜂蜜，張欣渝就是這種。

討論板上說，宮城峽酒廠已經被海嘯淹沒，有人開始發起海嘯前最後一批宮城峽單一麥芽威士忌搶購，你登記了一瓶，不，你刪掉，重新填寫，兩瓶，現在有什麼好的你都想多買一份給她。你順便查到了張欣渝他們旅行社就有日本威士忌主題之旅，如果她帶團的話，我去一百次都可以，你想。

你邊寫邊喝，倒頭就睡，天佑東北。

你醒來已經是三月十二日中午，電視台每台都在電話捐款賑災，你拿起手機再一次對那陌生的旅行社總機按重撥，迷迷糊糊，竟然接通了！

「你好，請幫我轉接張欣渝。」你裝出很有禮貌的聲音，那種會報威士忌頂級之旅的聲音。

「分機8188，為您轉接中。」語音報出了她的分機，你趕緊拿筆記下，然後是很洗腦的淚光閃閃鈴聲。

「こんにちは、まりです。」

啊！沒錯！就是這個聲音！但是她幹嘛講日文啊，受不了，她講日文太好聽了我好興奮啊，你克制，再克制，深呼吸。死高中生。

你沒反應，她以為你大概聽不懂日文，改用中文講一次：「您好，我是茉莉。請問有什麼我能為您服務的嗎？」

啊，她應該忙到筋疲力盡了吧，但是聲音還是這麼明亮有力量，這就已經是服務了。你腦中的劇本卻沒寫到這一葩，胡亂掰了一句：「呃，我想換護照。」

「好的，我幫您轉接相關部門。」

雖然語氣沒有透露出一絲急躁，但馬上切到淚光閃閃來結束這通來電，可見是沒餘力陪打錯電話的人哈拉的，你在這次的淚光閃閃結束前就掛了電話。

張欣渝。茉莉。まり。

現在你集滿本名、暱稱和日文名字了。

可以幹嘛？

不能幹嘛。你可以解一小筆定存，去報名那個北海道威士忌酒廠之旅，或是什麼九州頂級火車溫泉之旅，但她既不是客服，也不是領隊，她不需要你的業績，更不希望你一直打錯分機。但你還是又做了件死變態加死高中生做的事。

你持續追蹤旅行社粉絲頁，終於等到一個尼泊爾玩家達人分享會，主持人正是茉莉！你打算去讓耳朵懷孕眼睛懷孕全身上下都懷孕。但茉莉的開場白就讓你酸到不行。

她說：「我第一次去尼泊爾，是大學時就跟我老公去的，那時候他是我男朋友……」你最羨慕嫉妒恨這種大學開始從一而終的了。因為你從沒有過，大一交了學妹大三被甩，大四交上學姊當兵就掰掰。你開始幻想有那個對的人，過著出家人般的生活，以打字作為修行。

尼泊爾是個什麼樣的地方你完全忘記了，只記得講者投影了一張照片是蓮蓬頭流下泥巴色的水，這時茉莉掩嘴偷笑不斷點頭，像是喚起了她的回憶。你想也許你可以買一本講者的書，然後請他簽名之後再順勢請茉莉簽名，但要到簽名可以幹嘛？

不能幹嘛。但你還是做了，拿著書站在隊伍裡，封面有雪山有臉上塗得白白的修行者有五顏六色鮮豔圍巾，那是離你很遙遠的世界。你一邊排隊，一邊偷看茉莉和工作人員收東西。一個高瘦斯文書生模樣的男士提著一只女包走近她，他們旁若無人似的輕輕擁抱在嘴唇上互啄一下，是她的丈夫。

媽的，你想，連這都收集到了，再下去不知道還會看到什麼。「收完就可以先走囉。」「晚上想吃什麼？」「回家吃吧。」「那要不要去買些什麼？」她丈夫一邊幫忙收一些文宣海報，兩人家常對話，你的編劇雷達開到最大，偷聽著一整串你從未寫過的窮極無聊卻也窮極甜蜜的對白。

你想起你之前寫過的一集勸世故事。

主角是一對互相恩愛、人人稱羨的青年男女，感情穩定論及婚嫁，男子和女子約定好，他回家鄉跟父母稟報之後就回來提親，不料，才幾天，男子再回到女子住的村莊時，女子已經移情別戀，她遇到了一個來躲雨的外地人（你當時跟製作人說你是當作戲說台灣版的麥迪遜之橋在寫，但是沒人理你），決定跟那人走了，兩人下跪求男主角成全，看他們那麼相愛，就算不成全，他們也會私奔吧。

男主角決定麥看好了了，憤而割捨，卻痛得不得了，半夜跑到附近廟裡去哭喊：神明啊，為什麼要這樣對我！我到底做錯了什麼！這時，神龕後面出來了一位來掛單的高僧，拿出一面銅鏡，彷彿投影機的燈泡那般明亮，高僧往小廟的斑駁白牆一照，投影出這三人的前世。

某一世，一個男子在大雨中趕路，在路上看到一具女屍，相貌姣好，如花似玉，他想，啊，好可憐啊，便不知從哪找來一張草蓆，幫她蓋上，在心裡道別之後匆匆離去。過了一會，又來了一個男子，一樣，一看，自言自語（沒錯寫古裝劇的好處就是可以不斷自言自語）：啊這大美女已經斷氣了，怎麼隨隨便便蓋張草蓆呢？便不知去哪找來一把鐵鏟，在旁邊挖了個洞，親手幫她埋葬了，覆好土，還祈求她來世投好胎。

這時，觀世音菩薩顯靈，那echo很強的旁白開始對男主角說話了：善男子，你可知，你就是那第一個男人，而你未婚妻的情人，就是那第二個男人啊啊啊。她一樣感激你，想回報你，你要記住這一點點點。你們都與她有緣分，但是後面那位的緣分比你更深，只是這樣而已啊啊啊。

突然之間，投影、銅鏡和高僧都不見了，男子恍如從夢中驚醒，頓然覺悟，不再有怨。

你看著茉莉的丈夫，想像你是前世那個蓋草蓆的，而他是那個挖洞的。

你前面還排著十來個人（到底誰說台灣人不買書的），你決定放棄，本來就不是為簽名來的，你把書收進包包裡，摸到一盒巧克力。啊，對，真蠢，你原本還真的當作粉絲見面會一樣，打算一有時機就把巧克力送給主持人茉莉。死變態加死高中生。

你走出會場，想到今天有一新系列開機了，好像在中和烘爐地，和製作人聯絡好，你騎著機車穿過台北市，過了橋，又鑽過很擠很亂的整個中永和，在山腳的南勢角夜市買了一大袋鹹酥雞去探班。

有時就是這麼奇妙而容易，在那很大尊的土地公像前，你和劇組人員吃喝晚餐，一個梳化組的小妹不斷過來逗你，逗到你覺得應該是前世你幫她蓋過草蓆，不對，這程度，應該是你挖洞安葬了她。你把包裡的巧克力給了她，那個晚上你們就上了床，你才發現她才十八歲。但也許是前世緣分發功，你們離不開彼此，你每天都怕被她甩，她卻每天都想著幫你生小孩，你們結了婚，生了女兒，然後又生了兒子，你不再買威士忌，改喝便利商店三瓶七九折的啤酒，你為了更大的房子和車子只好更努力地不斷寫，寫各種神話人話鬼話，寫到要去中醫診所放鬆針灸。

然後，恍如隔世似的，在同一家中醫診所，你又再次見到茉莉。相隔多年，她的髮型氣質打扮完全沒變，而你仍然驚嚇。嚇到你的是，儘管她仍然是同一個人，你卻對她完全沒有感覺，看她，跟看候診室的那一排歐巴桑竟然是一樣的。這是為人夫為人父帶來的改變嗎？不可能差這麼多吧，她可是曾經讓你魂牽夢縈追蹤收藏的茉莉啊。這讓你沮喪極了，沮喪到恨不得找一座廟看看裡面有沒有高僧願意投影讓你看一下到底是怎麼一回事。

你唯一能傾吐的對象，就是你的阿娜答女神公主寶貝。夜裡，兩個小孩都睡了之後，你告訴她：「我今天遇到我以前的夢中情人了。她完全沒變，但是我竟然對她一點感覺都沒有了……」你說出來之後竟然哽咽了，你的妻子一邊卸著眼妝，一邊像拍小孩一樣拍拍你的背。她要開口了，她一向比觀世音更語出驚人。

「你知道我小時候有多喜歡5566嗎？」

她說，房間貼滿海報，晚上要抱印有他們照片的抱枕睡覺，連國小（沒錯那時她才國小）課本的書套都是他們，一聽到有見面會前一天晚上就去排隊，尖叫到隔天沒聲音，簽名在手上就一個禮拜不洗澡。然後有一天，就像拔掉插頭一樣，完完全全沒感覺了，她媽把那些東西全部拿去回收她也不心疼。

你這時才意識到讓你害怕讓你哽咽的是什麼，「我怕，會不會有一天醒來，我也對妳沒感覺了？我是說，我怕萬一前世我只是幫妳蓋草蓆沒有幫妳挖洞埋好的話那怎麼辦……」

你開始語無倫次，但她都懂。

「有感覺、沒感覺、有感覺、沒感覺，這就只是機率而已。」她說。

她真的才二十三歲嗎？

「如果對妳沒感覺怎麼辦？」

「那你就不要跟我說，什麼都不要做，等感覺回來。」

她說得好像她已經對你沒感覺過一百次，而且已經做得很上手了。

你想問，媽的妳到底像幹掉556那樣在心裡幹掉我多少次了，但已被她那句「什麼都不要做」點了穴，再發不出聲音。

什麼都不要做，對，你對付感覺已經做得太多了。

就像地震一樣，有時候最安全的去處叫做原地。你定在原地，等搖晃過去。天地浩瀚無垠生生世世不可窮盡但此時此地只剩下你妻子的手在你背上輕拍。

2——二〇一八年九月六日

他們要你們待在原地不要動。旅館大廳已經灌進了泥漿，聽說道路斷了，山隨時會崩，出去外面將會有不可預測的危險。他們要你們信任他們，這棟建築挺過了很多次地震，大家請安心地待在一樓的VIP Lounge。

地震之前，你已經爛醉了，你原本以為是那一整瓶紅酒帶來的暈眩，但是，全世界都在搖，外面有人喊著快逃，你聽不懂日語，在這一瞬間卻全懂了，原來在生死邊界線是沒有語言隔閡的。都要逃命了你竟還能夠想到把這體驗記下，作為下一個升等論文的研究題目。被情人放鳥的夜晚遇上強烈大地震的機率有多少呢？你想請數學系教授幫你算一下。原本你打算讓自己醉到什麼都不用想，醉個三天三夜，這一搖，你全醒了，體內的酒精一瞬間全退了，這也可以給腎上腺或內分泌學者當作研究題目，你想。

慌亂之間你只帶了手機和茉莉準備的一打芳香蠟燭，在工作人員引導下來到一樓，廚房竟還能端出一整托盤的熱甘酒來撫慰房客，你把蠟燭捐了出去，得到了你這生收到過的最誠懇的謝謝。

由眼前這畫面看來，你還不會死，就算路斷了，你還可以和這溫泉山村的居民靠現有物資活好一陣。聽櫃檯人員說，茉莉在傍晚搭上往札幌的接駁車了，你希望她已經離開北海道。你拿出手機，一看郵件寄件備份才覺得蠢爆了，剛剛喝到茫的時候，你一共發了三十封沒有主旨的信件給茉莉，每一封都只有一行：why?

這一趟旅行你完全交給茉莉安排，你則照著郵件上的指示當作闖關。到達新千歲機場，走到國內線航廈，到接駁巴士站某號月台，上了往定山溪的巴士，在旅館門口下車。你下機後還收到了她傳來的最後一個訊息：305號房。你迫不及待想聽到她聲音，她電話沒開，訊息未讀，是為了製造懸念吧？是忙著布置吧？你到了旅館，櫃檯女服務生確認你的身分：是高永健先生嗎？你點頭，遞出護照，她把鑰匙交給你，卻說：張小姐有事先離開了。

「什麼意思？」你疑惑。

「她沒告訴你嗎？」櫃檯更疑惑：「她只要我們轉告，請您好好休息。」

到這你都還以為是茉莉設計好的整人遊戲，她可能躲在衣櫥或被單裡，一絲不掛。

進到房間，桌上擺著一瓶紅酒兩只酒杯，冰箱裡有一瓶香檳，浴室有一打蠟燭，一切都是為你的到來準備的，但茉莉私人物品已全部不見，衣櫥裡穿過的女用浴衣簡單收攏好了，你拿起來深深嗅聞，你聞不出茉莉的味道，不，事實上是，你根本不記得她的味道。

你不相信茉莉走了，上上下下跑進跑出，到街上紀念品店一家一家找，把旅館的公共空間找了好幾輪，到女湯前一個一個問會不會說英語，請她們進去幫你喊茉莉在嗎？直到旅館服務人員過來通知你，晚餐時間就要過了，您要用餐嗎？要上一人份還是兩人份？你才平靜下來。

兩人份。你比出二的手勢，像拍照在比耶。

你叫了一整瓶清酒，要了兩個小酒杯，一杯放在對面像給鬼魂喝。日本人就是這點好，竊竊私語也不會在你面前，你一次斟兩杯酒，兩杯一口飲盡，配蘸很多哇沙米的生魚片，最後還把整鍋兩人份味噌地雞鍋吃得精光，吃飽回到房間，繼續喝紅酒。茉莉的臉越來越模糊了，你為什麼到四十幾歲還會相信一個只見過七次面的人要跟你長相廝守？你要慶幸自己的天真還是責罵自己的愚蠢？

而現在，爛醉不成，還被七級地震搖到大難不死謝天謝地，跟一群陌生人在擺放著皮沙發和山岳攝影展覽的休息室中避難，斷水斷電，大家藉著小小的燭光，披著旅館發放的棉被。放眼望去，你妄想，在地震的溫泉旅館中遇到另一個被情人放鴿子的女人機率有多少？

零。

看著成雙成對以及成團的住客們，你已有答案。你是唯一單獨一人的。你把沙發讓給帶老人和小孩的家庭，自己靠牆倚坐。

你發現，你對茉莉竟然一點埋怨都沒有。你想起了你自己的無數次落跑，最刻骨銘心那次，哦，小米，不，應該是歡歡。

你和前女友歡歡分手時說好了，不相往來，免得你那愛吃醋的新女友小米鬧脾氣。但唯獨，你們之前共同養的三隻小狗臨終時，你必須到場全程陪伴。姑且不論你中間劈腿多少次，你們從大學到研究所在一起八年，三隻小狗都十歲了，走是遲早。

第一隻小狗，不吵不鬧的，在歡歡家裡走了。你騎著摩托車去，把狗狗裝在箱子裡，載著歡歡去「寵物天堂」，在北海岸的為寵物送終火化的私人機構。歡歡要求要私人火化，並且拿回骨灰，還要做法事，你覺得自己劈腿在先，於歡歡、於狗狗都有一輩子還不完的虧欠，在登記單上，一個一個勾選了，一個一個付錢了。

最後，捧著骨灰回到歡歡住處（也是你們過去同居八年的公寓）樓下，找一棵樹，拿著鏟子，挖個洞，埋了。

那一天，小米去做頭髮、做臉、做指甲，直到天黑你回家，小米也像換了一個人一樣回家。小米多問兩句，你就說：妳跟狗狗吃醋啊?!

其實這些為寵物善後的事情，動物醫院都可以代辦的，但歡歡用了很重的字：「這是你應盡的責任。」你便把這騎車一個多小時到北海岸的路程，當作送別，也是送別你與歡歡的八年感情。

幾個月後，第二隻小狗走了，一模一樣的路再走一次。他們一回生、二回熟。這次小米為了不讓自己胡思亂想，參加了香港三天兩夜自由行。途中，你拍了照傳給小米：狗狗的牌位、法事過程、埋骨灰的樹。這些照片是為了證明：我很乖，我沒有亂來。小米回以維多利亞港夜景、茶餐廳的菠蘿油和凍鴛鴦、蘭桂坊抓著啤酒瓶自拍。

第三隻小狗，是三隻裡面最皮的，生起病來也最執拗。最後一個月，進進出出醫院好幾回，你每次都趕到準備送終了，小狗又沒事回家了。你看小狗拖得難受，對歡歡說：「安樂死吧。」歡歡理智全失，聲淚俱下，在獸醫院不顧路人目光，大聲哭著數落你無情狠心。

你無話可說了，繼續陪著。折騰了一夜，小狗終於斷氣。送別路，卻不同於兩隻小狗，艱辛漫長。往北海岸的路上，下了傾盆大雨，又是冬天，你和歡歡找了便利商店躲雨、吃關東煮，幫小狗做好防水，穿上便利雨衣繼續往前，騎了幾百公尺，這曾經陪伴你們八年、又陪著你和小米兩年的老舊摩托車，噗噗噗越來越沒力，最後熄火了。荒郊野外，兩人一起推著摩托車，奮力步行。裝在狗籠裡的小狗屍體，雖然包了好幾層塑膠雨衣，還是滴滴答答的。

你推著摩托車都想停在路邊放聲大哭了，卻看著歡歡堅毅地把狗籠抱在胸前，往前走去。那時你已作好心理準備，要對不起小米。

終於，從寵物天堂捧著骨灰罐走出來，去機車行領回車子。你帶著歡歡去溫泉旅館開了房，兩人抱著痛哭一起高潮，對你來說，這才是最後的道別。當歡歡去淋浴時，你溜了，騎著那破摩托車走了。你害怕接下去沒完沒了，你不知道如何說再見。

你回到家跟小米說了上面一大段歷險，沒說旅館這段。小米親親你，說你好棒。小米嘆了口氣，說：三隻小狗終於都送完了。你感謝小米的貼心，突然就一個念頭，好想好想和她結婚。

你們把雙方家長都邀請到了餐廳，說兩人去戶政事務所登記完就過去，當作小小的溫馨喜宴，結果，你早上醒來就覺得想逃，搭了自強號火車一路南下到高雄。後來，聽你弟弟妹妹說，小米很淡定地來到餐廳，跟兩邊家人吃完了那十二道菜才回家。

你不由得感嘆，你這樣一個爛人竟都可以遇到這麼好的女孩，一定是當初收養流浪狗帶來的福報。

又一陣餘震，周圍已經有人在念著佛號，你頭頂的照片掉了下來，砸中你的頭，旁邊的人關心你，你安慰他們：大丈夫大丈夫。你把照片翻了過來，是一座方方正正的雪白山頭，底下小小的字標明：Mt. Kailash。

是茉莉說過的，凱拉什山嗎？難道這也是茉莉的遊戲之一？這是謎底還是線索？

第三或第四次偷情，你們好像稍微熟一點了，到了宜蘭的礁溪溫泉旅館，儘管茉莉仍必須在正常下班時間回到她和傑夫在深坑的家，但至少出了台北，可以從事一下在床鋪以外的行為，例如買了蔥油餅在街上邊走邊吃。在回程的車上，你們交換起，為什麼當初會結婚？

你說你很簡單，幫學校接待來駐村的義大利裝置藝術家，你覺得你需要一個老婆了，而且這老婆還是個單親媽媽，連可愛的小孩都幫你生好了，幾年前在歐洲忘了什麼國駐村時跟那邊的藝術家生的，原本只想要一個，卻來了一對雙胞胎，你不介意當現成老爸，而且分隔兩地的婚姻對你來說如魚得水。你簡單交代過之後，補充上：如果要離婚，只要誠懇地講清楚，我很肯定她一定能諒解，我們也還會是朋友。

你說得好像租房子提前解約一樣簡單，在你心中婚姻應該就是這麼一回事，結婚不是要白頭偕老，離婚也不是要反目成仇。

茉莉說：「我和傑夫結婚是因為不要再傷害他，如果離婚了，也是不要再傷害他。」傑夫是你忠厚老實的同事，連續幾年都在理工學院拿到優良教師評鑑，你完全不討厭他，也不想傷害他。

茉莉說，他們結婚之前，曾有六年的時間完全沒往來，她以為已經結束了，但是她去岡仁波齊、也就是凱拉什山，轉完山之後，卻突然有一股很強的欲望，很想再見到傑夫。聽說轉完一圈山業報就重新歸零了，可能是因為這樣，她想和傑夫重新開始。她回到台灣，找機會想和傑夫巧遇，她曾經一整個禮拜都去他那時博士班的食堂吃午餐，卻怎麼樣都遇不到。

後來，她工作的旅行社收到合作旅行社的名單，請他們一起訂機票，裡面竟然有傑夫一家十口的名字！如果是傑夫一個人的名字還有可能是同名同姓，但這龐大的林姓家族，肯定就是他們家。

茉莉原本只在辦公室規劃行程，那次自告奮勇當實習導遊帶團，兩隊的行程略有不同，但會在同一時間抵達小樽。

正如茉莉的劇本所寫，他們，在小樽「偶遇」了。

他們結婚八年每天都非常好，直到你殺出來。

「我看過一句話，如果妳喜歡一個人之後，又遇到另一個心動的人，要選第二個，因為如果妳夠喜歡第一個的話，第二個根本不會有機會出現。」你那時為了鞏固自己的地位，對茉莉這樣說，真是毫無羞恥。

「沒錯，心是一直動來動去。」茉莉在十三公里長的回程雪山隧道裡這麼說。

「一切都會沒事的，我們都是這麼好的人，我們都不想傷害任何人。」你伸出右手握著茉莉的手。

那時，你們還沒開始密謀雙邊離婚。你在昏暗的、動來動去的搖曳燭光中，看著這一座不動的山，你卻什麼感覺都沒有，你不信業報這些，你只是害怕寂寞。

你手機電力剩下二十趴，必須很省著用。你想如果現在是在台北，你應該會找個妹來陪，如果是在東南亞或中國或歐洲，你應該早就叫小姐了。雖然現在在治安良好的日本，你相信一個小時之隔的札幌一定有風化區，可是你現在一打札幌，只出現災區。

你上臉書，系統馬上彈出要你標註自己在北海道地震中安全，你照做。你的同事，你情人的前夫，傑夫按了讚。

你想對他按的讚再按個讚，但是好像沒這個功能。除了按讚，你已不知道如何對他表達任何尊敬或感謝或抱歉。這時你才發現，你這打卡狂一路從羅馬達文西機場（照片是最後一杯義大利濃縮咖啡）到札幌新千歲機場（照片是一罐北海道限定生啤酒）再到地震前的定山溪（照片是溫泉街的告示牌）打的卡，傑夫都按了讚。

這就讓你有點毛了。他在老婆跟你跑了之後，不但沒封鎖刪除你，還按你讚，表示他在追蹤著你們嗎？而且，現在是台灣時間凌晨四點啊。

電力十八趴。你傳了私訊給他：「傑夫平安。很難開口，但茉莉沒跟我在一起，她在地震前離開了，我希望她安全。」

傑夫已讀。那打著字的藍色點點動來動去，你的心也七上八下。

「我知道。我已請家父找人查過，茉莉已搭晚上的飛機離開日本。

（合十）」傑夫回覆。

啊，對，傑夫他老爸是什麼地方有力人士，聽說可以直通各官方系統那種。

「茱莉去了哪？」你再傳。

傑夫已讀不回。彷彿他的報復，或者幸災樂禍。不要這樣啊我們應該同病相憐我們都是被拋棄的人了不是嗎？

有可能，茱莉回去找傑夫了。也有可能，她再次飛往那足以讓業報歸零的神聖雪山。

你不死心，再傳：「你可以原諒我嗎？」

不管了，人都差點沒命了，不要臉一點有什麼關係。你把手機放進口袋，不再緊盯。

外頭騷動稍歇，天微微亮了，好像有什麼救難隊志工來了。你把岡仁波齊的照片掛回牆上，小心穿過或臥或坐的人們，穿過一條一條白色被單，出到滿目瘡痍的溫泉街上，有些地方拉起了警戒線，寬廣的停車場上搭起了白色帳篷。

叮咚。傑夫傳來了訊息。

路還很長，各自保重，彼此祝福。

這十二字讓你肅然起敬，傑夫真是太讓人尊重了！你覺得這不拜一下不行，便問那些站在門口吸菸區的大叔，用最簡單的英文，一邊對著虛空比劃：台灣，哪裡？哪裡，台灣？

大叔們認真討論起來，南方，是那邊吧。

你確認後，朝南一拜。周圍瞬間穆然，幾個大叔竟也跟著你朝同一方向鞠躬，嚴謹的九十度，誠摯無比，害得你也不敢太快起身。

你慢慢抬頭，從山谷看出去，仔細看，許多星星還隱身在灰藍色的天空裡，有些在移動中，你覺得茉莉的飛機就是其中一顆，她還在飛，還在飛。

終究沒有一塊土地是茉莉可以降落的。

▨問答代跋▨

在人生路線圖中，小說能做什麼？

提問——皇冠主編 許婷婷

許婷婷（以下簡稱許）：首先，梓潔是在什麼情況之下發想《自由遊戲》這個故事的？

劉梓潔（以下簡稱劉）：大概是二〇一七年的四月，那時我已搬到台中定居大約兩年，但因為工作還是每週需往來台北台中，大概就在這來來往往之中，開始去發想有關「路線」這樣的命題。通勤路線或人生路線，固定的或變動的，或者在穩定之中突然來了個脫線。事實上，坦白說，我自己是對於每天走同一路線會很快感到厭煩的人，頻繁搭高鐵讓我疲憊，突然想起住在石碇的那七年。那時，就算每天要進台北，也會盡量走不同路線，非常幸運地，這個深山林內的鄉鎮，給了我許多變換路線的樂趣。

例如：開車到南港捷運站，或翻過另一座山，開到文湖線的萬芳社區站，搭捷運進城，回程由於不想那麼快回到山裡，就先在附近熱鬧捷運站沾沾市井氣息，也因此我對永春、昆陽與萬芳社區附近的生活機能與店家熟得好像自己住在這些地方很久了。搭車時間很長，一個人晃晃悠悠，是從容或是虛耗？存乎一念了。當然若趕時間的時候，就是直接飛車穿過隧道與層層疊疊的高架道路，那是另一種路線。

第一篇寫的是〈驛路〉，其實下筆的動機非常簡單，就像通勤途中突然想要在某一站下車那麼簡單。想寫一個男人傻傻地在我過去傻傻搭著的捷運上不斷折返，寫著寫著，傻男人背後那個女神茉莉出現了，小說的路線便圍繞著茉莉運行。

許：茉莉在故事裡曾經問傑夫：「如果人一生的路線圖都畫好了，那還有自由嗎？」看到這裡時，有種被什麼打到的感覺（這種感覺，在整個閱讀歷程會再出現第二次，我們之後再談。）路線圖，或可看作生命裡冥冥之中的安排，這是梓潔在過往的作品裡時常刻劃的命題，在已經畫好的路線圖之下，梓潔覺得那個讓人自由或不自由的變數是什麼呢？

劉：「如果人一生的路線圖都畫好了，那還有自由嗎？」這句話的前身，或許是更早之前的作品《遇見》裡的那句：「如果是命中註定，應該不會那麼難遇見，遇見之後也不該有那麼多困難。」我覺得在創作《遇見》時，我是比較傾向宿命的，反正一切冥冥之中已有安排，我們只能無奈全盤接收，並在那無奈之中去找到一點什麼正向溫暖，好讓自己好過一點。不能跟馬修在一起的小兔，在廝守之外找到另一層意義叫做「守望」；不能跟小芝成為好朋友、不能斷除爛機機前男友幽魂糾纏的施文蕙，只能讓時間過去讓一切變成一粒沙……等等，都沒去進一步探求自由的可能。那是比較擺爛的人生，對，我們就是這麼不自由，能愛與不能愛都莫可奈何，做什麼都是徒勞。

但是到了茉莉和傑夫這一對，我想讓他們在路線圖之外，行使自由意志，當然，他們現在會做什麼決定，會遭遇什麼樣的困局，或許也是命中註定，或許無論他們怎麼做，都會再次回到同樣的結局，例如分手多年還是重逢結婚，結婚多年還是分手離婚。當把自由與不自由絞在一起，把順從與違抗抓對廝殺，我發現，這其實才是現實人生的真相。

我們每個人都追求自由（對吧？），但卻又都不可避免地循著過去的意志與行為產生的軌跡前進，或許，這也是一種不可脫逃的不自由吧。具體來說，茉莉真切坦蕩，率性而為，乍看之下超級自由，讓人羨慕得不得了，但由另一個角度來看，她的行為不過是依照她的傾向與習性而產生，這麼一想，她就變得不自由了。正如這本小說，最自由、最好玩的地方是，你可以一再重來；最不自由、不好玩的地方是，就算你重來七百二十次，結局，還是一樣的。

人生不也是嗎？

許：在故事之外，《自由遊戲》同時有個很有趣的設定，它打破了既定的閱讀順序，也就是讀者不管從哪個章節閱讀都可以。

我收到稿子時，刻意打亂每個章節的順序，用一種「抓周」的方式來讀。我所閱讀的第一章是〈驛路〉，以時間序來說，這已經比較偏向故事的「尾聲」了，然而我在閱讀完整個故事，卻覺得這也可以說是一切的「起點」。梓潔是在一開始就以打破閱讀順序為前提來寫作嗎？還是寫到哪個階段時突然有這種想法？

劉：下筆寫〈驛路〉以後，開始構思「第二章」〈脫線〉。如果讀者不巧還沒讀小說，先從這兒讀起，希望你就此打住，先回頭讀小說，因為不希望讀者先知道小說創作的順序。（笑）那時想打破的，倒不是閱讀順序，而是「觀點」。雖然都是以第三人稱來寫，但〈驛路〉是男主角傑夫的視角，到了〈脫線〉變成女主角茉莉，這麼一想以後，一個中篇或中長篇的架構就慢慢長出來了。出發點仍是「人生路線」，隨著小說血肉橫向發展，我想探究的問題也縱向地往下挖深：那是關於「印記」，或是佛教一點的說法：「業」。

如果一個人一直重複走著一樣的路，那麼，有沒有回頭、或換一條路走的可能？一個人不斷犯錯，有沒有悔悟與救贖的可能？過去的印記，有可能完全消除嗎？

我們或有耳聞的故事：藥癮者在監獄關了十年、十年完全不碰藥物，一出獄第一件事就是來一針。

茉莉慣於出軌，享受當下激情，當她玩夠了玩完了，想要回來過著平凡幸福穩定的生活，可能嗎？是可能，但不會是長久的，八年之後，觸發她過去癮頭的因素（高永健）出現了，她仍受過去習性左右，煞不住車。

但小說完全不想做道德批判，我想大家讀完應該也都滿愛茉莉的吧。（笑）

而是想放在：為什麼他們各自會來到此時此地？為什麼這時的她或他會下這個判斷等等，把這些交錯的生命路線攤開來看，從他們童年到青春再到中年。

看起來，好像要寫成一個線性的編年紀事。

但不是的，我開始想，若一切受因果牽引，若真的是A因造成B果，B果又成為B因造成C果，C果成為C因造成D果……這樣的環環相扣而不可脫逃，那麼，在這樣宿命的路線圖中，小說能做什麼？

我想試著打破順序，不只是順序跳躍，而是還可「隨選」，若甲讀者先抽中了結果，才看到原因，接著才看到過程，乙讀者照著時間順序閱讀，會有什麼不一樣呢？但其實，我們都還在同一個故事裡。

話說回來，如果要問為什麼突然靈光一現，有這樣的想法？二〇一七年七月我去了西藏，在這之前一個月開始調養身體，好讓自己適應高原環境。某天早上，喝了據說有增加血氧、預防高山症功效的紅景天草藥茶之後，繼續寫〈驛路〉，「散裝隨選抓周版」的想法突然就冒出來了。

後來才看到紅景天也有「開發腦功能」的效果。但草藥茶應該是劑量極低的，所以兩者有沒有因果關係我也不知道。（笑）

附註：請大家勿擅自用藥，請依照合法的醫師指示。

許：這很有趣，一段感情關係裡，不同的視角，可能會有不同的詮釋，即使是同一個故事。此外，「順序被打散」這件事也讓我聯想到記憶與時間之間的關係。當我們回想起某一段記憶時，往往是超脫線性時間的限制的，你不會知道你會在什麼時候想起什麼，在回憶的抽屜裡打撈的片段有可能是好的，也有可能不那麼好。傑夫和茉莉都有過很好的時候，我在看〈起點〉的時候很心動，但因為在〈起點〉之前先看了〈驛路〉，因此那種心動其實是帶著感慨的。反過來說，先看起點的人，可能會帶著期待。梓潔讓傑夫和茉莉糾纏多年，到頭來的結果是分手，這和妳的上部作品《外面的世界》截然不同，但在《自由遊戲》，我很難說這兩人的分離是Bad Ending，因為分別就傑夫和茉莉各自的人生來看，他們都獲得了某種程度的成長。或者他們本就走在各自的人生路線，彼此只是彼此的「坎」，交會了，相愛了，分離了，又回到自己的路線。

劉：傑夫和茉莉為什麼相遇相戀？傑夫為何不可自拔？我們只要回頭看看自己生命中遇過的人，就會知道答案。那個答案是：沒有答案。

而這同樣也可以拿來回答，為什麼那人是數學天才，而我是數字白痴？為什麼我出生在彰化農村而不是曼哈頓？

是宿世累積嗎？恐怕，這是目前必較可信的說法。但，真有前世今生嗎？同樣，沒有答案。

只有以「相信」建立出小說家的世界觀。

或許細心的讀者們會發現在〈機率〉那一章節，我藉著男編劇在寫的荒誕鄉野奇譚劇本來做為「補充教材」。這種無法說白的事，以我目前的能力，就只能先用黑色幽默的方式處理，信也好，不信也好，都可哈哈兩聲笑過。導演好友試讀完問我男編劇的原型來自哪位編劇朋友？我說：把我自己想成男的，這樣去寫的。（笑）

好了，那麼相信是前世相欠，今生償還的話，傑夫欠茉莉什麼，或茉莉欠傑夫什麼呢？如果這段感情最後仍然以分手告終。我想，或許是讓他們真正完成了「功課」，傑夫哀莫大於心死之後，強壯重生，而茉莉再度歸零。

這也是為什麼最後是開放式結局，因為，若業報或功課已了，他們大可再重新相愛一次，那麼那時或許就是Happy Ending了。

許：梓潔在小說作品裡創造了不少讓人印象深刻的角色，李君娟、克萊兒、小兔、小芝……而現在我們有了茉莉。茉莉在《自由遊戲》裡也許不是一個政治正確的角色，但我實在無法不喜歡她。她有她個性裡很強悍的一面，那種強似乎來自一種坦蕩，「要好玩，不可以虛偽」。我覺得像茉莉這樣的人，在人生路線遇到的種種風暴，她最終都可以活得安定坦率，即使是「脫線」。請梓潔談談茉莉，這個角色是怎麼跑到妳的故事裡的？

劉：我想這些讓人喜愛的女主角們，都是我抓到了幾個我深愛的特質，然後在小說裡慢慢餵養她們，慢慢長出來的，很難直接去比對參考現實人生的哪個原型，或是怎麼精巧設計發想，傾注的，比較像是「愛」。當然，愛，也是很抽象的東西。

早逝的天才青年作家胡波在受訪時曾經說過：「好的小說都是來自獻祭，而不是設計。」

我想我也盡量對我筆下的角色們減少設計，而做到全然的獻祭，那會讓她們真實存在——儘管在一個不存在的小說時空。

許：〈沒有終點〉裡，茉莉行走觀音堂，在乘坐五色雲的遊戲觀音面前，她聽見了不知從哪裡傳來的聲音：「好玩嗎？」這是我在閱讀歷程裡第二次被打到。我記得自己看到這裡的時候，心情非常複雜，震撼，感傷，挫折，也有一點驚悚。好玩一直是茉莉的人生追求，遊戲是自由自在的存在，那如果傷害和被傷害是自由遊戲裡無可避免的結果，茉莉還能繼續隨心所欲地玩嗎？從「好玩嗎？」再回到這本書的書名，就覺得「自由遊戲」這四個字很有弦外之音。對梓潔來說，自由遊戲是什麼？妳希望讀者從《自由遊戲》裡看見什麼？

劉：若這部小說中有什麼與我的現實經驗吻合，我想就是茉莉的幾次行旅，像是福岡的東長寺木造大佛底下的地獄，那是我去了多少次都不會感到膩的景點。但整個來說，最特別的，還是北海道。去年十月我第一次、也是目前唯一一次去了札幌近郊的定山溪，那時《自由遊戲》大約寫了兩章，連「自由遊戲」這個名字都還沒有，但當我走進觀音堂的洞穴，那尊遊戲觀音彷彿示現了什麼，到現在都清楚記得看到那幾個日文漢字時的震撼：遊戲、無礙、自由自在，我覺得那就是我畢生在追求的東西，不只是人生，也是關於創作。我不願太裝神弄鬼故弄玄虛，但那的確是很珍貴的、很稀有的「神啟」時刻，我反覆地查關於遊戲觀音的訊息，也反覆思考這幾個字詞，才有了這個書名。

而最後再自爆一下，其實「好玩嗎？」是我的口頭禪。（笑）藝文界友人找我談什麼什麼案子，邀請我出席什麼什麼活動，擔任什麼什麼評審，我第一句都是問：好玩嗎？就算是我等孤僻之人懼怕的社交場合或家族聚會，只要找到「好玩」的點，我也就能甘之如飴。反之，若不好玩，便是磕磕絆絆、彆彆扭扭，隨時都想逃。而既然有好玩與不好玩的分別，其實就代表心還有罣礙，不夠自由自在，否則應該是無入而不自得才對。

在《自由遊戲》裡，大家也許會看見茉莉自由率性的人生，看見傑夫與她的苦戀，同時回憶起自己深愛過、傷害過或被傷害過的對象，但若能更深入一層去想，自己和身邊的人，怎麼來到此時此地？或是，不論走到了何時何地，怎麼不堪或匪夷所思（如茉莉的永和長堤），回頭一望時，都能坦然地說出各自保重、彼此祝福，那麼才是真的玩得起人生這個遊戲，也才能自由自在。

非常難。

但值得感謝的是，路還很長，所以在終點到來之前，我們可以一次又一次地練習。

國家圖書館出版品預行編目資料

自由遊戲／劉梓潔著 .-- 初版 .-- 臺北市：皇冠 .
2019. 08
面；公分 . --(皇冠叢書；第4785種)(劉梓潔作品集；
06)
ISBN 978-957-33-3467-5（平裝）

863.57　　108011602

皇冠叢書第 4785 種
劉梓潔作品集 06

自由遊戲

作　　者—劉梓潔
發 行 人—平雲
出版發行—皇冠文化出版有限公司
台北市敦化北路 120 巷 50 號
電話◎ 02-27168888
郵撥帳號◎ 15261516 號
皇冠出版社（香港）有限公司
香港上環文咸東街 50 號寶恒商業中心
23 樓 2301-3 室
電話◎ 2529-1778　傳真◎ 2527-0904
總 編 輯—龔橞甄
責任主編—許婷婷
責任編輯—蔡承歡
美術設計—嚴昱琳
著作完成日期— 2019 年 7 月
初版一刷日期— 2019 年 8 月

法律顧問—王惠光律師

讀者服務傳真專線◎ 02-27150507
電腦編號◎ 548006
ISBN ◎ 978-957-33-3467-5
Printed in Taiwan
本書定價◎新台幣 300 元／港幣 100 元